Das Geheimnis des Korallenschiffs

Für Maríta Eríka

Frank Wallner

Das Geheimnis des Korallenschiffs

Geheimnisvolle und spannende,
phantastische und lustige
Geschichten

*Bibliografische Information der Deutschen Nationalbibliothek:
Die Deutsche Nationalbibliothek verzeichnet diese Publikation
in der Deutschen Nationalbibliografie; detaillierte bibliografische
Daten sind im Internet über http://dnb.dnb.de abrufbar.*

© 2017 Frank Wallner
Illustrationen und Fotos: **M. Erika**
*Herstellung und Verlag: BoD – Books on Demand, Norderstedt
ISBN: 978-3-7460-4888-8*

Eine sichere, aber zuweilen etwas unheimliche Art und Weise,
sich die Vergangenheit ins Gedächtnis zurückzurufen,
besteht darin, eine vollgestopfte Schublade mit Gewalt zu öffnen.
Wenn man etwas Bestimmtes sucht, findet man es nicht,
doch hinten fällt etwas heraus, das häufig viel spannender ist.

J.M. Barrie Widmung „Peter Pan"
1904

Inhalt

Das Geheimnis des Korallenschiffs

Seit Tagen beobachtet Gondwana das kleine Holzhaus unterhalb des Dreigestirns der Berner Alpen: Eiger, Mönch und Jungfrau. Er weiß, dass die alte Karte noch im Besitz des Bergbauern Gostelli ist, der dort wohnt. Gondwana, einstmals Professor für Prähistorische Archäologie an der Universität Bern, hat seinen Lehrstuhl gegen den eines Räubers eingetauscht. Sein Bart ist in den letzten Jahren grau geworden. Seine Augen aber gleichen noch immer denen eines Luchses. Er will dieses verdammte Schiff, das er für den wertvollsten Schatz auf diesem Planeten hält, finden. Koste es was es wolle. Die Berge werden dann seinen Namen: ‚Gondwanamassiv' tragen.

Es ist noch früher Morgen. Professor Gondwana sieht, wie Gostelli's Feriengäste, seine Enkelkinder Ole und Henriette, die Zwiefleralm verlassen. Er erkennt deutlich die Karte in der Hand des Jungen und folgt den beiden hinab in die Schlucht.

„Bitte lass uns umkehren, Ole. Die Berge und die steilen Felsen in diesem Tal machen mir Angst", fleht Henriette ihren großen Bruder an. „Großvater macht sich bestimmt Sorgen um uns". Henriette schaut in den Himmel, der in diesem Tal des Berner Oberlandes nur ein kleines Fenster, umrahmt von mächtigen Granitfelsen ist. Bis vor einer Stunde war der Himmel noch blau. Jetzt wird er von dunkelgrauen Wolken bedeckt. Auch das schmale Tal füllt sich immer mehr mit Nebelschwaden, die wie Spinnweben an den nackten Felsen entlang ziehen.
„Hab keine Angst, Schwesterchen", versucht Henriettes zwei Jahre älterer Bruder sie zu beruhigen. „Wir müssen gleich die Stelle erreicht haben, die auf der alten Landkarte aus Großvaters Kiste mit einem Schiffssymbol gekennzeichnet ist. Vielleicht ist dort ein alter Piratenschatz versteckt. Komm Henriette, wir gehen noch zehn Minuten, okay? Sollten wir bis dahin nichts gefunden haben, kehren wir um und suchen morgen weiter." Ole beugt sich zu seiner Schwester, die etwa einen Kopf kleiner ist, hinab, zieht sanft an ihrem strohblonden Zopf und nimmt sie an die Hand.
„Also gut, zehn Minuten, aber keine Minute länger."

Der Weg wird immer steiniger. Ständig müssen die Geschwister großen Felsbrocken ausweichen. Die schroffen Felswände rücken immer näher zusammen. „Irgendetwas riecht hier komisch. Riechst du das auch?", fragt Henriette ihren Bruder.

„Ja, es riecht wie Rauch oder Feuer oder irgendetwas dazwischen. Vielleicht sind in der Nähe Wanderer oder Bergsteiger, die hier übernachten wollen und ein Lagerfeuer angezündet haben."

„Ich weiß nicht, wer will in diesem düsteren Tal eine Nacht verbringen, Ole. Also ich jedenfalls nicht. Komm, wir kehren um." Henriette zieht an Oles Hand.

„Warte mal Schwesterlein, siehst du das?"

„Was? Ich sehe nichts, wie auch, es wird ja immer dunkler und außerdem ist mir kalt."

Ole lässt Henriettes Hand los und bückt sich hinter einem Felsvorsprung hinab.

„Ich glaube, ich habe ein Fossil aus der Urzeit gefunden. Es sieht wie ein großes Schneckenhaus aus."

„Lass es liegen Ole, wir sagen lieber Großvater Bescheid, vielleicht lebt das Fossil noch?".

"Henriette, Fossile sind versteinerte Pflanzen oder Tiere, die aus einer Zeit stammen, lange bevor es Menschen gab. Also, ich hebe das versteinerte Schneckenhaus jetzt auf."

„Auwa!, glucks, glucks."

„Hast du etwas gesagt, Henriette", ruft Ole in Richtung seiner Schwester, die in zwei Meter Abstand zu dem Felsvorsprung stehengeblieben war.

„Nein, ich habe nichts gesagt, Ole."

„Das Schneckenhaus scheint mit dem Felsen verwachsen zu sein. Es sitzt fest, ich kriege es nicht ab."

„Auwa! Finger weg! Von wegen Schneckenhaus. Das ist meine Ammonitenkrone, glucks, glucks", ruft eine fremde Stimme.

Ole springt vor Schreck auf, läuft mit drei großen Schritten zu seiner Schwester und stellt sich schützend vor sie. Beide starren zu dem Felsvorsprung, hinter dem ein kleines schuppenartiges Wesen mit einer schneckenhausartigen Krone auf dem Kopf, der dem eines Minidelfins ähnelt, hervorschaut.

„Ole, Ole schnell, wir müssen weglaufen. Das ist bestimmt ein böser Berggeist", ruft Henriette und erste Tränen kullern über ihr Sommersprossengesicht.

„Berggeist, glucks, glucks, dass ich nicht lache", entgegnet die Schuppengestalt den beiden Geschwistern und tritt hinter dem Felsvorsprung hervor.

„Ich bin Amaltheus, zweiter Kapitän des Korallenschiffs, glucks."

„Hast du gehört Henriette", flüstert Ole seiner Schwester ins Ohr. „Er ist Kapitän. Dann hat die Karte wohl recht, dass hier ein alter Piratenschatz versteckt ist."

„Was flüstert ihr da?" meldet sich das Schuppenwesen wieder zu Wort. „Ihr kommt doch nicht etwa von diesem Fossilienräuber Gondwana, glucks?"

„Wir kennen keinen Gondwana. Bitte tue uns nichts", antwortete Henriette ängstlich und schmiegt sich noch fester an ihren großen Bruder.

„Na, dann habt ihr aber Glück, glucks, glucks, sonst hättet ihr eine schmerzhafte Bekanntschaft mit unserem gefährlichen Sognathus machen müssen, glucks!". Der schuppige Kapitän tritt einen Schritt näher an die Geschwister heran. Henriette und Ole beobachten, wie das Schuppenwesen auf seinen kleinen Beinchen, die wie Schwimmflossen aussehen, versucht, auf dem steinigen Untergrund Halt zu finden.

„Aber wenn du kein Berggeist bist, großer Kapitän, was bist du dann für ein Wesen?", fragt Henriette immer noch mit ängstlicher Stimme.

„Wir sind Ammoniten-Wassergeister aus dem Jura-Ozean. Wir mussten hier, in dieser verdammten Schlucht, mit unserem Korallenschiff notstranden!"

„Du bist also nicht allein", fragt Ole und versucht dabei, seiner Stimme einen männlichen Klang zu geben.

„Nein, glucks, glucks. Allein kann man kein Korallenschiff wie unsere stolze ‚Sastrea' steuern. Wir sind sechs Wassergeister, das heißt, jetzt sind wir nur noch fünf, weil ..."

„Hast du das gehört, Ole, fünf Wassergeister. Wir müssen auf der Stelle verschwinden."

„weil ... unser erster Kapitän Ammonitas während der letzten Eiszeit vor eintausend Jahren an dieser Stelle erfroren ist. Ich, Amaltheus, bin sein Nachfolger und bewache sein Grab, solange bis das Wasser zurückkehrt, glucks, glucks."

„Ich glaube Henriette, wir erleben gerade die unglaublichste Geschichte unseres Lebens und ich fürchte, zum Umkehren ist es bereits zu spät", sagt Ole mit fester Stimme, die auch der Wassergeist hören kann.

In sicherem Abstand beobachtet Professor Gondwana, wie die Geschwister mit jemandem reden. Er ist ihnen bis an das Ende dieser Schlucht gefolgt, ohne von ihnen bemerkt zu werden. Ein Geruch wie heißer Teer oder Asphalt liegt in der Luft. Die Sicht wird immer schlechter. Die Dämmerung ist bereits hereingebrochen. Mit seinem dunkelgrauen Umhang und der Kapuze ist er von den nackten Felsen nicht zu unterscheiden. Nur seine sechzig Jahre alten Luchsaugen lassen ihn jetzt im Stich. Gondwana öffnet seine lederne Umhängetasche, holt sein Fernrohr heraus und schaut hindurch. Nichts, er sieht nichts als einen Felsvorsprung am Ende der Schlucht. Die Geschwister sind verschwunden. Nur ein Kauz fliegt lautlos über dieses unheimliche Tal. Gondwana fingert nach seinem silbernen Revolver, den er letztes Jahr einem Ranger in den Rocky Mountains abgenommen hatte, weil dieser Kerl ihm den Mammutknochen nicht freiwillig geben wollte. Er musste deshalb mit seinem Schweizer Messer ein wenig nachhelfen. Gondwana geht, mit dem Revolver im Anschlag, entschlossen zu der Stelle, wo er Gostelli's Enkelkinder zuletzt gesehen hat.

„Grüezi, hier ist die Kantonspolizei Bern, Hauptwache Interlaken-Jungfrau-Region, was kann ich für Sie tun?"
„Grüezi, hier ist Gostelli von der Zwiefleralm unterhalb der Eigernordwand. Meine Enkelkinder sind verschwunden."
Der wachhabende Kantonshauptmann Uri schaut auf die Wanduhr in seiner Wachstube. Es ist kurz nach zweiundzwanzig Uhr an diesem schönen Juniabend.
„Seit wann sind sie denn schon verschwunden, Gostelli?"
„Nun ja, seit heute Nachmittag. Die Kinder wollten einen Ausflug in die Berge machen", antwortet der Großvater von Henriette und Ole aufgeregt. "Ich habe aber erst jetzt bemerkt…"
„Was haben Sie bemerkt, Gostelli, was? Nun sagen Sie es schon!"
„Also, die Kinder haben wahrscheinlich die alte Schatzkarte mitgenommen!"

„Schatzkarte?"

„Ja, die von der Fossischlucht. Sie müssen mir helfen, Herr Hauptmann!" Gostelli fasst sich an sein schwaches Herz. Das Atmen fällt ihm schwer.

„Fossischlucht, Schatzkarte, soso. Ist das nicht die Schlucht, wo es spukt und böse Geister ihr Unwesen treiben?"

„Ja, genau die ist das."

„Aber, wieso haben Sie eine Schatzkarte von der Fossischlucht, Gostelli? Egal, ich komme mit einer Suchmannschaft zu Ihnen hoch. Machen Sie im ganzen Haus die Lichter an, damit wir die Zwiefleralm schnell finden können!" Hauptmann Uri schaut aus seiner Wachstube hinaus auf das Gebirgsmassiv. Der Mond ist aufgegangen und bescheint die schneebedeckten Gipfel.

„Seit vorsichtig und stoßt euch nicht an den Kopf, glucks, glucks", sagt der Wassergeist Amaltheus zu Henriette und Ole als er sie in eine Höhle hinter dem Felsvorsprung führt. Nach ein paar Schritten wird es immer heller und die Höhle immer breiter und höher, sodass die Geschwister jetzt bequem aufrecht gehen können. Nur dieser seltsame Brandgeruch wird immer stärker.

„Was riecht hier so komisch?", fragt Henriette den Wassergeist und hält sich dabei die Nase zu.

„Das ist Birkenpech, glucks. Das brauchen wir, um die Planken an unserem Korallenschiff abzudichten."

„Interessant", staunt Ole, „woraus wird dieses Birkenpech hergestellt?"

„Aus dem Harz abgestorbener Birken. Woraus sonst, glucks. Aber ihr Bergmenschen wisst ja doch nichts über Schiffe, glucks, glucks."

„Da irrst du dich Amaltheus. Wir kommen beide aus Hamburg. Unser Vater baut bei Broom & Tross große Ozeanriesen. Wir besuchen ihn dort manchmal. Bei Großvater Gostelli sind wir nur in den Ferien. Ich könnte euch helfen, euer Korallenschiff wieder flott zu machen", antwortet Ole. Plötzlich gickst Henriette wie ein ängstliches Kind, das eine Spinne sieht. „Was ist mit dir?" fragt Ole besorgt.

„Hilfe, Hilfe, es will mich auffressen", kann Henriette noch antworten und fällt in Ohnmacht.

Das Gicksen war bis vor den Höhleneingang zu hören, an dem jetzt auch Professor Gondwana angekommen ist.

Da der Eingang der Wassergeisterhöhle nur ein kreisrundes Loch, etwa so groß wie ein Gullydeckel ist, beschließt Gondwana vor der Höhle zu warten. Er überprüft seinen schussbereiten Revolver und legt sich auf die Lauer.

Etwa zur gleichen Zeit ist auch Hauptmann Uri mit seiner Suchmannschaft auf der Zwiefleralm angekommen.

„Na, dann erzählen Sie mal, Gostelli, was hat es mit der Schatzkarte auf sich und woher haben Sie die?", fordert der Wachtmeister den besorgten Großvater auf.

„Wollen wir uns denn nicht lieber sofort auf die Suche nach den Kindern machen? Es ist gleich Mitternacht. Ich erzähle Ihnen unterwegs, was ich von der Karte weiß."

„Also gut. Zündet eure Fackeln an Leute, wir steigen hinunter in das verdammte Fossital!" fordert Hauptmann Uri die Suchmannschaft auf.

„Sieh nur, was du angerichtet hast, Sognathus", sagt Amaltheus mit ernstem Blick. „Du kannst doch nicht einfach dem Mädchen von hinten durch die Beine hopsen. Am besten wir bringen sie zu Nerinea. Die weiß bestimmt, wie man deiner Schwester helfen kann", fordert der Wassergeist Ole auf.

„Wer ist denn Nerinea, das klingt ja wie ein Mädchenname?"

„Da hast du in gewisser Weise recht, glucks. Unsere Schwester Nerinea ist eine Wassernixe. Sie kocht leckere Krebssuppe für uns, backt köstliche Algenplätzchen und pflegt uns, wenn wir die Schuppenkrankheit haben. Wo ist nur Sognathus geblieben? Ich hätte noch ein Fröschlein mit ihm zu quaken."

„Ist dieses kleine Wesen tatsächlich ein Dinosaurier?", fragt Ole schnaufend dazwischen.

„Naja, Dino ist vielleicht etwas übertrieben. Sagen wir einmal, Sognathus ist ein Saurierküken, glucks, glucks. Er war der kleinste seiner Art, als wir damals mit unserem Korallenschiff über das Jurameer fuhren und in dieser verdammten Schlucht gestrandet sind, glucks, glucks. So, wir sind jetzt da. Dort ist unser Korallenschiff."

Fast hätte Ole seine kleine Schwester fallengelassen. Die Höhle hatte jetzt die Größe eines Zirkuszeltes erreicht. Sie schillert und funkelt in leuchtenden Farben: wie lavendelblau, burgunderrot und in Farben, die Ole noch nie zuvor gesehen hatte. In der Mitte der Höhle befindet sich ein unterirdischer See, auf dessen silbernem Wasser ein kleines zweimastiges Segelschiff schwimmt. Das Schiff sieht wie die Zuckergusskrone auf einer Hochzeitstorte aus. Vorsichtig setzt Ole seine Schwester am Ufer des unterirdischen Silbersees ab. Seine Oberarme schmerzen. Zärtlich streicht er über ihr Gesicht. Ihre Augen sind immer noch geschlossen, als ob sie schläft.

„Darf ich vorstellen, glucks, glucks", unterbricht der Wassergeist Amaltheus die Stille, „Nerinea - unsere Schwester."
Aus dem Wasser des Sees schlängelt sich ein zauberhaftes Wesen. Nerinea, die Wassernixe, ähnelt Arielle, der Meerjungfrau, die Ole und Henriette schon viele Male in dem gleichnamigen Film gesehen haben, nur mit einem Unterschied: Nerinea ist echt. Sie beugt sich über Henriettes Gesicht und streift dabei mit ihrem schuppigen Leib Oles Hand. Ole hatte vermutet, dass sich Wassergeister nass und kalt anfühlen. Diese Berührung aber war angenehm warm und weich.

„Wo bin ich, wo sind Ole und dieses schreckliche Ungeheuer, das mich fressen will?"

„Hab keine Angst, Henriette, glicks, glicks, dein Bruder sitzt neben dir. Du warst nur ohnmächtig. Ich habe dir etwas Jurasalz auf deine Stirn gestreut, das hilft in solchen Fällen, glicks", antwortet Nerinea. Noch leicht benommen umarmen sich die Geschwister.

„Sognathus, wo hast du gesteckt? Sei vorsichtig und erschrecke nicht wieder unsere Gäste, glucks", ruft Amaltheus in Richtung des Höhleneingangs. Mit großen Hopsern hüpft das Saurierküken auf sie zu und flüstert Amaltheus etwas in sein Kiemenohr.

„Birkenpech und Pappelbock, glucks, glucks, Sognathus sagt da kommen Menschen mit Fackeln auf unsere Höhle zu", verkündet Amaltheus. Inzwischen hatten sich auch die anderen Wassergeister am Ufer des Silbersees versammelt.

„Hurra", ruft Henriette in die Runde so laut, dass ihre Stimme von den Wänden der Höhle wiederhallt und die Korallen am Korallenschiff wie die Saiten einer Harfe vibrieren. „Das ist bestimmt unser Großvater Gostelli. Er hat Hilfe geholt und sucht jetzt nach uns", spricht Henriette mit gedämpfter Stimme.

Amaltheus zieht seine Schuppenstirn wie ein Karpfenmaul nach oben, kratzt an seiner Ammonitenkrone und antwortet: „Mag sein, dass das euer Großvater ist, aber glucks…".

„Nun sag schon Bruder Amaltheus, was hat Sognathus noch gesehen, glicks?", fordert die Nixe Nerinea ihn auf.

„Er sagt, da ist noch jemand vor der Höhle. Ein Riese mit einer silbernen Stabkoralle in der Hand."

„Also, ich werde schon mit diesem Kerl fertig", entgegnet Ole, „dem werde ich seine Stabkoralle in den …"

„Wir müssen vorsichtig sein", antwortet Amaltheus, „wahrscheinlich sind wir die letzten Überlebenden des großen Volkes der Ammoniten-Wassergeister aus dem Jurameer. Seit über 180 Millionen Jahre warten wir nun schon darauf, dass endlich das große Wasser zurückkehrt, damit wir zu unseren Verwandten ins südliche Tethysmeer weitersegeln können, glucks." Alle verfolgen gespannt die Rede des Anführers der Wassergeister. „Als erstes müssen wir die Leuchtkorallen am Korallenschiff ‚Sastrea' dimmen, glucks. Das Licht vom Birkenpechfeuer reicht aus, um den Eingang der Höhle zu beobachten. Henriette und Nerinea bleiben hier am Feuer. Ole, Sognathus und ich bewachen den Höhleneingang. Ihr anderen schützt unser Korallenschiff. Einen Moment noch." Amaltheus holt aus einem dunklen Winkel der Höhle einen langen spitzen Speer. „Das ist die Medusen-Lanze der Ammoniten. Ihr Nessel-gift an der Spitze tötete bereits den gefährlichen Tyrannosaurus Rex. Habt ihr alles verstanden, glucks, glucks?"

„Also Gostelli, ihr glaubt tatsächlich, dass in unserem schönen Berner Oberland Amphibien aus der Urzeit überlebt haben könnten, die jetzt eure Engelkinder gefangen halten?", fragt Hauptmann Uri den Großvater von Henriette und Ole, als dieser sich zusammen mit der Suchmannschaft dem Höhleneingang nähert.

„Ich glaube es nicht. Ich weiß es. Die Kinder hätten die Schatzkarte niemals finden dürfen, die damals mein Urgroßvater gezeichnet hat. Er beauftragte mich, die Überlebenden aus dem Jurameer zu beschützen, falls einmal ein Erdbeben oder Erdrutsch die Höhle der Ammoniten-Wassergeister zu zerstören drohe."

„Ihr hättet längst diese Geister in Sicherheit bringen müssen, Gostelli. Hoffentlich ist es jetzt nicht schon zu spät!", antwortet Hauptmann Uri.

Sognathus, der kleine Dinosaurier, ist nicht größer als ein Dackel, eher kleiner. Dafür hat er eine enorme Sprungkraft und ein starkes Gebiss mit spitzen Zähnen. Seit einigen Minuten warten Ole, der Wassergeist Amaltheus zusammen mit dem kleinen Dino auf die Menschen, die sich der Höhle nähern. Sognathus wird immer unruhiger, er schnauft und scharrt mit seinen Saurierfüßen.

„Ich glaube, ich binde ihn lieber an der Leine fest. Er wittert bestimmt diesen Riesen mit der silbernen Stabkoralle", sagt Amaltheus zu Ole, doch es ist bereits zu spät. Mit drei riesigen Hopsern ist Sognathus durch den Höhlenausgang ins Freie verschwunden.

„Sognathus komm zurück. Er wird dich töten. Soognaathuus!" rufen Ole und der Wassergeist hinter ihm her. Dann hören sie einen Schrei und mehrere Schüsse hallen durch das Tal. Nach dem fünften Schuss bebt plötzlich die Erde. Die Höhlenwände fangen an zu zittern. Steine rieseln von der Höhlendecke auf sie herab. Es folgen mehrere Einschläge von riesigen Felsbrocken vor dem Höhleneingang. Ole vermutet, dass ein Teil des Berges über der Höhle ins Tal stürzt. Eine gewaltige Staubwolke dringt in das Innere der Höhle und nimmt ihnen den Atem. Sie husten und reiben sich die Augen. Ole versucht, aus der Höhle zu kriechen. Doch es geht nicht mehr. Der Höhleneingang ist mit einem riesigen Berg aus Steinen und Geröll zugeschüttet worden. Dann wird es still.

„Ich glaube, wir sind alle verloren", sagt Ole zu Amaltheus und fällt erschöpft zu Boden.

Zwei Wochen später: Jungfrau-Aquarium, Interlaken, Schweiz

„Hallo Ole, schön dich zu sehen, glucks, glucks. Hast du meine Medusen-Lanze gefunden?" fragte Amaltheus besorgt.

„Tut mir leid. Nein, ich habe noch einmal jeden Stein in eurer Höhle umgedreht. Aber sag, wie gefällt es euch in eurem neuen Zuhause?"

„Nicht schlecht, glucks, glucks. Nur diese dicke Glasscheibe und die vielen Leute, die uns andauernd anstarren, glucks, glucks. Ach, wenn doch das Jurameer wiederkehren würde!"

„Nicht traurig sein, Amaltheus. Schau nur, wie schön das Korallenschiff wieder aufgebaut wurde. Vielleicht können wir einmal damit zusammen auf dem Thuner See segeln. So, ich muss jetzt zur Pressekonferenz. Stell dir nur vor, wir kommen alle ins Fernsehen!"

Auf der Pressekonferenz berichten Polizeihauptmann Uri und seine Rettungsmannschaft von dem Felssturz in der Fossischlucht. Dieser wurde durch mehrere Schüsse aus dem Revolver Professor Gondwana's ausgelöst. Ein Querschläger traf dabei einen instabilen Felsvorsprung oberhalb des Massivs. Zum Glück gab es nur leichtere Verletzungen. Gondwana erlitt einen Bruch des rechten Oberarms und eine leichte Gehirnerschütterung. Aus der verschütteten Höhle konnten alle Ammoniten-Wassergeister sowie die Geschwister Henriette und Ole gerettet werden. Nur ein Wesen mit dem Namen Sognathus musste wegen eines komplizierten Bruches am Sprunggelenk in einer Spezialklinik behandelt werden. Das beschädigte Korallenschiff wurde wieder seetüchtig aufgebaut und zusammen mit den Ammoniten-Wassergeistern in dem neuen ‚Jungfrau-Aquarium' untergebracht. Ole und Henriette erhalten eine Rettungsmedaille und ihr Großvater Gostelli wird zum ‚Wächter der Fossischlucht' ernannt. Der geläuterte Fossilien-Räuber, Professor Gondwana, wird nach Verbüßung einer Gefängnisstrafe wegen unerlaubten Waffenbesitzes und Fossilien-Räuberei zur gemeinnützigen Tätigkeit als Pfleger im Jungfrau-Aquarium verurteilt.

Nach der Pressekonferenz gehen Ole und Henriette noch einmal zum Aquarium, um sich von Amaltheus, der schönen Nixe Nerinea, dem humpelnden Dinoküken Sognathus und den anderen Wassergeistern zu verabschieden.

„Wir fahren morgen früh wieder nach Hamburg.", sagt Henriette mit stotternder Stimme und eine Träne kullert über ihre sommersprossige Wange. „Die Ferien sind leider zu Ende und am Montag fängt die Schule wieder an."

„Seid nicht traurig Kinder, glicks. Ihr habt uns sehr, sehr viel geholfen. Wir werden euch in tausend Jahren nicht vergessen", versucht Nerinea Henriette zu beruhigen.

„Was heißt in tausend Jahren?", mischt sich Ole ins Gespräch, „wir kommen in den Herbstferien wieder. Kapitänsehrenwort! Außerdem ist Großvater jetzt Wächter der Fossischlucht. Er wird jeden Tag nach deiner Medusen-Lanze suchen, Amaltheus. Ich bin sicher, er wird sie finden."

Henriette streicht noch einmal vorsichtig über Sognathus schuppiges Fell. „Armes tapferes Dinoküken, bitte werde bald wieder gesund. Es tut mir leid, dass ich am Anfang solche Angst vor dir hatte."

Dann gehen beide zum Ausgang. Ole dreht sich noch einmal um und ruft: „Mast-und Schotbruch und immer eine Handbreit Wasser unter dem Kiel!"

Einen Monat danach: Hamburg, Deutschland

„Hallo Ole, hörst du mich? Hier ist dein Großvater Gostelli."

„Ja, ich höre dich gut. Wie geht es dir und was machen unsere Freunde im Aquarium?"

„Deswegen rufe ich an, Ole. Ich habe nämlich die Medusen-Lanze gefunden. Sie ist zwar ein wenig krumm und verbeult, aber Amaltheus könnte sie sicher noch gut gebrauchen."

„Was heißt könnte, du klingst so komisch, Großvater. Hast du sie ihm denn noch nicht ins Aquarium gebracht?"

„Das wollte ich ja, aber …"

„Sind sie etwa gestorben, Großvater, nun sag schon!"

„Nein, nein, sie sind verschwunden. Alle zusammen mit ihrem Korallenschiff!"

„Das gibt es doch nicht!"

„Wenn ich's doch sage. Als gestern Morgen der Wächter die Lichter im Aquarium einschaltete, war kein Wasser mehr darin. Wir haben den ganzen Tag nach ihnen gesucht. Bis wir einen Brief von Amaltheus gefunden haben. Er ist an dich und Henriette gerichtet."

„Lies ihn mir bitte vor, Großvater", sagt Ole mit zitternder Stimme.

„Geliebte Menschenkinder Henriette und Ole!
Wir möchten uns nochmals für alles bedanken, was ihr für uns getan habt, glucks. Leider ist unsere Schwesternixe Nerinea nun selbst an der schweren Schuppenkrankheit erkrankt. Hier können wir sie nicht heilen. Deshalb müssen wir schnellstens zu unseren Verwandten ins südliche Tethysmeer segeln, glucks. Dort lebt die Heilerin Nixoria, nur sie kann ihr helfen. Wenn wir es nicht schaffen, wird Nerinea sterben, glucks. Mögen euch alle guten Geister beschützen.
Amaltheus, König der Ammoniten. "

„Ole, bist du noch da?"
„Ja, bin ich! Sag, Großvater, weißt du, wo sich dieses Tethysmeer befindet? Ich erinnere mich, dass Amaltheus schon einmal davon erzählt hatte."

„Im Lexikon steht: Das Tethysmeer grenzte vor 15 Millionen Jahren an das Jurameer, welches damals Nordeuropa und die gesamte Alpenregion bedeckte. Aus heutiger Sicht ist das Tethysmeer jetzt das Mittelmeer", antwortete Gostelli.

„Ich muss gleich bei Broom & Tross in der Werft anrufen. Unser Vater ist mit einem neuen Containerschiff im Mittelmeer auf Probefahrt. Vielleicht kann uns Vater helfen. Danke, Großvater! Ach, einen Moment noch. Die Medusen-Lanze von Amaltheus. Bitte schicke sie mit einem Paketdienst nach..., die Adresse sage ich dir später." Dann legt Ole auf, ruft in der Werft und auf dem Containerschiff an. Kurz darauf geht er in Henriettes Zimmer. Seine Schwester ist schon eingeschlafen. Ole weckt sie sanft.

„Was gibt's denn mitten in der Nacht, Ole?"
„Wach auf, Schwesterherz, wir müssen Nerinea und die Wassergeister retten. Ich habe schon mit Vater auf dem Containerschiff telefoniert. In zwei Stunden startet unser Flugzeug.

„Wo fliegen wir denn hin, Ole?"
„Nach Marseille - ans Mittelmeer. Unser Abenteuer geht weiter!" **Fortsetzung folgt!**

Der Trommler von Romea

W erft ihn aus der Stadt, den Dieb!", rufen viele der Romeaner und dabei tropft ihnen der Geifer aus Hass und Abscheu aus ihren Mäulern.
„Seine gefräßigen Ziegen soll er auch mitnehmen!" schreien die Cipolla-Plantagenbesitzer hinterher. Ihre dickfleischigen Zwiebelköpfe verfärben sich vor Wut, röter als ihre Cipolla-Zwiebeln.
„Seht nur unsere schönen Zwiebelfelder, alle sind verwüstet. Das haben die stinkenden Ziegen und dieser nichtsnutzige Ziegenhirt getan!"
Steine fliegen. Mit Knüppeln, Mistgabeln und Sensen rennen sie Paolo hinterher. Nach einer gnadenlosen Hetzjagd kann er sich völlig erschöpft im nahegelegenen Hochland in Sicherheit bringen. Von seiner einst 20-köpfigen Ziegenherde, haben es die fünf kleinsten Zicklein nicht geschafft. Sie wurden von dem Pöbel erschlagen.

Seit seiner ungerechten Vertreibung aus der Stadt Romea führt Paolo ein erbärmliches Leben. Das steinige und trockene Hochland, weitab von der Küste und von Romea, kann die Ziegenherde nicht ernähren.
Es ist Winter.
Auch wenn es am südlichsten Zipfel Italiens selten schneit, weht doch ein eiskalter Nordwind über die Berge des Pollino-Gebirges. Um diese Jahreszeit wachsen hier oben nur stachlige Dornenbüsche und ein paar Flechten an den Schlangenhautkiefern.
Die Ziegen meckern den lieben langen Tag, dann stirbt ein Tier nach dem anderen. Nur Caprone, der Ziegenbock, bleibt als Einziger von der Ziegenherde noch am Leben.

Paolo geht es von Tag zu Tag schlechter. Dabei war er bis zum letzten Herbst noch ein fescher junger Mann von 17 Jahren gewesen. Alle Mädchen der Stadt, besonders aber Ilaria, die Tochter des berühmten Theaterdichters Bernardio Dovizio bewunderten seinen schwarzen Lockenkopf, die stechenden, braunen Augen und sein verführerisches Lächeln.

Auch wenn Paolo nicht mehr viel am Leib trug, als seine gefleckte, löchrige Ziegenfelljacke und die viel zu große rotbraune Hose, war Paolo mit 1,65 Meter relativ klein. Sein spitzer, grauer Filzhut, an dem er immer eine Blume ansteckte, machte ihn etwas größer, und die meisten einfachen Leute der Stadt hatten den lustigen Ziegenhirten gern. Doch jetzt sieht er eher wie eine windschiefe Vogelscheuche aus.

Den reichen Cipolla-Plantagenbesitzern aber ist Paolo mit seiner Ziegenherde schon immer ein Dorn im Auge. Als Paolo aus der Stadt vertrieben wird, setzt sich als einzige Ilaria für ihn ein, denn sie weiß, dass die Anschuldigungen gegen Paolo falsch und erlogen sind.

Seit Jahren tobt unter den Cipolla-Baronen ein erbitterter Krieg. Denn nur derjenige, der die größten und schmackhaftesten Zwiebeln erntet, bestimmt den Preis. Und so verwüsteten die Cipolla-Barone sich gegenseitig ihre Felder und rückten nachts dem Zwiebellauch mit Sensen zu Leibe.

„Wenn jetzt auch noch Caprone stirbt, will auch ich nicht mehr länger am Leben bleiben", beschließt Paolo und legt sich erschöpft auf sein karges Nachtlager. Als er fast eingeschlafen war, kitzelt ihn jemand am linken Ohr. Erschrocken richtet sich Paolo auf und blickt in Caprones Ziegenbartgesicht.
„Was willst du mitten in der Nacht?", fragt er seinen Ziegenbock, dessen abgemagerte Gestalt ihn an eine leere Futterkrippe mit Spinnweben erinnert. „Lass mich schlafen, ich bin müde!"
Er will sich gerade wieder hinlegen, als plötzlich Caprone zu ihm spricht.
„Wach auf, määh, wach auf. Es bleibt nicht mehr viel Zeit, määh!" Caprones Stimme klingt wie eine klapprige Windmühle, die Kieselsteine zermahlt, und sein Atem stinkt nach faulen Eiern.
Paolo reibt sich beide Augen und kneift sich in die Ohrläppchen, weil er nicht glauben kann, was er eben gehört hat.
„Du machst mir Angst! Wieso kannst du plötzlich sprechen, Caprone?" Ein leichtes Zittern liegt in Paolos Stimme.

„Du brauchst keine Angst zu haben, määh", klappert die morsche Windmühlenstimme mit dem Ziegenbart weiter, „ich werde den nächsten Morgen nicht mehr erleben, määh, darum will ich dir noch ein Geheimnis verraten.

Als Caprone am nächsten Morgen tot neben seinem Nachtlager lag, tut Paolo, was ihm der Ziegenbock aufgetragen hatte.

Romea ist Mitte des sechzehnten Jahrhunderts zu einem bedeutenden Handelsplatz im Mittelmeerraum herangewachsen. Von den Reisenden wird die Stadt als „Perle des Tyrrhenischen Meeres" bezeichnet.

Der Winter ist besiegt und die ersten Krokusse kriechen aus den Felsspalten.

„Schade, dass mein alter Filzhut während der Vertreibung aus Romea verloren ging", denkt Paolo, „sonst hätte ich ihn jetzt mit einem Strauß bunter Krokusse verziert." Dann geht er an den Rand der Hochebene und schaut ins Tal hinab. Es ist noch früher Morgen, und Paolo nimmt ein Bad im kalten Mondlicht.

…Am Horizont spuckt der Stromboli-Vulkan seine tägliche Feuerfontäne in den Morgenhimmel. Mit seiner neuen Trommel aus Caprones Ziegenhaut macht er sich auf den Weg hinunter in die Stadt Romea.

Dabei singt er leise vor sich hin:

Rette deine Haut

Meine Haut ist so dünn
ein Fell wäre dicker
im Winter ist sie weiß
und im Sommer ist sie braun
sogar mit Sommersprossen darauf.
Ich habe nur diese eine und passe gut auf sie auf.

Der Zwiebel aber ist's egal,
denn sie hat derer sieben.
Verliert sie eine mal
sind noch sechs ihr geblieben.

Darum esse ich die Zwiebel
auch wenn's oft zum Heulen ist.
Vielleicht wächst mir eine zweite Haut,
denn ich bin ein Optimist.

Als Paolo in der Stadt ankommt, schlafen die Romeaner noch tief und fest in ihren Häusern. Vorsichtig schleicht er sich zum Haus des Theaterdichters Dovizio und klopft leise an Ilarias Fenster.

„Paolo bist du das?", flüstert Ilaria ängstlich.

„Ja, ich bin es, Ilaria. Kannst du bitte herunterkommen, ich habe dir so viel zu erzählen. Wir treffen uns am Capo Vaticano."

Als Ilaria im aufgehenden Sonnenlicht an das Capo kommt, ist Paolo überwältigt. Wie lange hat er sich nach diesem Augenblick gesehnt.

Ilaria besitzt mit ihren knapp sechzehn Jahren bereits die Schönheit, die keiner Aufzählungen bedarf. Einen langen Moment liegen sich beide in den Armen. Ihr blumiger Duft vernebelt Paolos Sinne.

„Ich hätte niemals gedacht…", schluchzt Ilaria und streicht sich dabei ihre langen schwarzen Haare aus dem Gesicht, "dass ich dich noch einmal lebend sehe, Paolo." Tränen kullern von ihren rosa Wangen auf das schneeweiße, körperumspielende Kleid.

„Was ist das für eine Trommel?"

„Das ist eine ganz besondere Trommel, eine Caprone-Trommel."
Paolo legt sie vorsichtig in den feinen Sand.

„Caprone? Das ist doch dein alter Ziegenbock."
„War mein guter alter Ziegenbock, war! Er ist tot, wie alle anderen Ziegen auch, Ilaria. Die Trommel habe ich von seiner Ziegenhaut angefertigt. Sie wird uns helfen, die geldgierigen Zwiebelbarone Romeas für ihre Gemeinheiten zu bestrafen."
„Ich verstehe das alles nicht, Paolo."
„Du wirst schon sehen, Ilaria, heute Nacht geht es los. Zuvor müssen wir uns aber noch Ohrenstöpsel anfertigen. Ich habe noch Reste von Caprones Fell. Diese tränken wir zuerst in flüssiges Bienenwachs. Nach dem Trocknen formen wir sie so, dass sie unsere Ohren vollkommen verschließen können."
„Aber wofür brauchen wir denn diese komischen Stöpsel? Was hast du nur vor, Paolo?" Auf Ilarias Engelsgesicht zeichnen sich kleine Stirnfalten ab.
„Du wirst staunen, was unsere Caprone-Trommel kann. Habe keine Angst", sanft streicht Paolo über ihr glänzendes Haar, dann küssen sich beide leidenschaftlich, bis ihnen der Atem wegbleibt.
„Lauf nach Hause, Ilaria. Es darf niemand wissen, dass ich wieder in der Stadt bin. Nach Sonnenuntergang treffen wir uns am Capo. Bringe bitte einen Bienenwachsstumpen für die Ohrenstöpsel mit, etwas Zunder, ein paar Schwefelhölzchen und zwei Trommelschlägel aus der Kammer des Hofmusikus. Nimm die größten, die du finden kannst. Ziehe bitte das Kostüm der alten Kräuterfrau mit dem großen Umhang an, das du letzten Sommer zur Premiere der neuen Komödie deines Vaters getragen hast. Hast du alles verstanden?"
„Ja aber…"
„Also dann bis heute Abend, sei vorsichtig!"

Die Romeaner sind verzweifelt. Seit Tagen werden sie des Nachts von einem Trommler geweckt, der mit seiner Höllentrommel einen ohrenbetäubenden Lärm macht. Die Trommelschläge sind so laut, als ob der Stromboli, der Ätna und der Vesuv zur gleichen Zeit ausbrechen würden.

„Hallo, du alte Kräuterhexe, hast du diesen Trommler gesehen? Wieso treibst du dich so spät noch in der Stadt herum?",fragt einer der Wächter, die durch die Stadt patrouillieren.

„Ich habe nichts gesehen, mein Herr, und gehört habe ich auch nichts, hihihi. Ich bin ja fast taub", antwortete Ilaria mit verstellter Stimme und hält ihren Umhang fest zusammen, damit man Paolo darunter nicht entdecken kann.

„Und wohin willst du mitten in der Nacht", fragt der Wächter weiter und beäugt dabei Ilarias füllige Gestalt.

„Ich bin auf dem Weg zu den Wiesen vor der Stadt, um dort die heilenden Nachtschattengewächse zu suchen", antwortete Ilaria und versucht dabei, ein Kichern zu vermeiden. „Das kann man nur in der Dunkelheit, mein Herr."

„In der Dunkelheit. Verstehe. Hoffentlich kannst du besser sehen als hören. Na dann troll dich, Alte!"

„Das war aber knapp…", flüstert Paolo unter Ilarias Umhang, "…komm lass uns für heute Schluss machen."

Am nächsten Tag beschließen die Stadtväter und Zwiebelbarone, den Trommler zu einem Duell herauszufordern. Wenn er das nächste Mal auf sein Hölleninstrument einschlägt, wollen sie mit einem noch viel größeren Lärm antworten, um ihm damit die Lust an seinem Spiel zu nehmen und ihn für immer aus Romea zu vertreiben.

An alle Romeaner werden Flöten, Trompeten, Ratschen, Pauken und auch Trommeln verteilt.

Die Glöckner schlafen jetzt jede Nacht in den Kirchtürmen unter den siebzehn Glocken der Stadt und die Kanoniere ruhen mit feuerbereiten Lunten neben ihren Kanonen rings um die Stadtmauer.

„Bitte, Paolo, lass uns damit aufhören", fleht Ilaria ihren Geliebten an. „Sie wollen dich zu einem Duell herausfordern."

„Nur noch das eine Mal, Ilaria, dann haben wir sie besiegt und können für immer verschwinden. Ich verspreche es dir!"

Eine halbe Stunde nach Mitternacht war es dann soweit. Die Caprone-Höllentrommel ertönte erneut und das Martyrium begann. Alle Romeaner nahmen ihre Instrumente zur Hand und bliesen und schlugen aus Leibeskräften auf sie ein. Alle Kirchenglocken wurden gleichzeitig geläutet. Die Kanonen an der Stadtmauer wurden alle auf einmal gezündet. Der Lärm war so laut, dass man ihn noch in Messina auf Sizilien und auf den Äolischen Inseln hören konnte.

Man glaubte, die Bewohner von Romea seien verrückt geworden. Die Seefahrer, die auf ihren Galeonen und Pinassen vor der Küste kreuzten, erzählten noch viele Jahre in allen Häfen des Mittelmeeres von diesem Ereignis. Einige vermuteten sogar, dass der verheerende Ausbruch des Strombolis im Mai des Jahres 1566, etwa eine Woche nach dem Duell mit dem Trommler, von romeanischen Schallwellen verursacht worden sei. Am Strand des Strombolis fand man einige Tage später eine liegende Lava-skulptur. Es war ein Liebespaar, das engumschlungen in Richtung Romea blickte.

Den Wettbewerb aber hatte der Trommler gewonnen. Er schlug seine Caprone-Trommel noch viele Jahre. Nur hören konnte sie keiner mehr, jedenfalls kein Romeaner.

Die Nachtigall
Genua, im Jahre 1169

C alisto, Astronom der genuesischen Handelsflotte, schaute in den Himmel und war besorgt. Über Genua prangte ein krateräugiger Mond. Seine silbern glänzende Vollmondscheibe spiegelte sich in der „Darsena", dem Hafenbecken der stolzen Seerepublik. Die Sterne funkelten wie die Mosaiksteine in der Caldarium-Therme. Es war ein windstiller ruhiger Abend.

„Das ist kein gutes Zeichen", sagte er zu seinem Begleiter.
„Was meint ihr damit?", fragte Capitano Rinaldo.
„Seht ihr diesen Schweifstern?" Calisto zeigte in westliche Richtung. „Das ist ein Komet. Ich habe ihn vor zwei Tagen entdeckt."
Rinaldo kniff die Augenlider zusammen. Der Vollmond blendete ihn. Tatsächlich, dort wo sich der Komet befand, wollte er morgen mit seinem Schiff ‚Levante' zu den Mallorquinischen Inseln aufbrechen. Die ‚Levante' war mit Marmor- und Alabasterblöcken beladen. Der Bischof von Paris hatte sie für den Bau einer großen Kathedrale vom Papst Innosenz II. bewilligt bekommen. Das war ein gutes Geschäft, womit der Capitano beauftragt wurde. Auf keinem Fall durfte der Ladung oder der ‚Levante' etwas passieren. Der Auftrag würde ihn und seine Besatzung die nächsten drei Jahre versorgen.

Lorenzo war den beiden heimlich gefolgt. Wie eine Katze schlich er ihnen hinterher. Vergeblich hatte er sich in den letzten Tagen als Schiffsjunge auf einem der vielen Handelsschiffe beworben. Er sei zu schmächtig und habe keine Erfahrung als Seemann. Schon gar nicht für diesen wichtigen Auftrag, den Capitano Rinaldo vom Bischof bekommen hatte. Dabei kannte sich Lorenzo mit kleineren Schiffen und Booten gut aus. Mit seiner jüngeren Schwester Anna ist er viele Male zum Fischen in die Gewässer seiner Heimatinsel Panarea gefahren. Einmal, als eine dicke Brasse angebissen hatte, wäre sie fast über Bord gefallen. Gemeinsam konnten sie den großen Fisch ins Boot ziehen. Ach, wie sehr vermisste er seine Schwester. Aber die ‚Levante' segelt morgen nach Paris. Dort wollte er sich unbedingt an der Universität einschreiben, um Artes-Liberalis - die freien

Künste - zu studieren. Auch Lorenzo hatte längst den Kometen entdeckt. Er glaubte im Gegensatz zu Calisto nicht, dass von ihm eine Gefahr für die Überfahrt ausgehen würde. Er hielt ihn für ein gutes Zeichen. Mit seinen astronomischen Kenntnissen wollte Lorenzo den Capitano überzeugen.

Da passierte etwas Merkwürdiges mit ihm.

„Hört ihr diesen Gesang?" fragte Calisto den Capitano. Es war eine Stunde vor Mitternacht.

„Ja, es klingt wie eine Nachtigall. Dieser wohltönende Nachtgesang ist unverwechselbar: Wie Balsam für die Ohren", antwortete er.

„Ich werde den Vogelfänger Uccellatore bitten, sie für uns einzufangen. Der Gesang einer Nachtigall wirkt schmerzlindernd auf Kranke. Er kann zu einer rascheren Genesung verhelfen", sagte Calisto und war bereits auf dem Weg zu Uccellatore.

„Er soll sie morgen früh auf die ‚Levante' bringen. Wir segeln mit der Flut, bei Sonnenaufgang", rief der Capitano noch hinter ihm her.

Dem Vogelfänger Uccellatore gelang es, die Nachtigall kurz nach Mitternacht einzufangen. Er brachte sie in einem Käfig auf das Schiff. Nachdem er seinen Lohn bekommen hatte, stellte Calisto den runden Vogelkäfig in seine Kajüte. Dabei bemerkte er nicht, dass die Käfigtür aufgegangen war. Als Calisto die Kajüte verlassen hatte, konnte die Nachtigall aus ihrem Gefängnis entkommen.

„Anker lichten! Alle Mann an die Ruder!", befahl Rinaldo den Vogatori der ‚Levante'. „Wir segeln gen Westen. In Palma auf der Insel Mallorca werden wir den ersten Zwischenstopp einlegen: frisches Wasser und Verpflegung aufnehmen. Also dann Männer, möge Gott Neptun mit uns sein." Es war immer noch windstill. Nur eine leichte Brise blähte das Leinensegel der einmastigen Penasse auf. Einen ganzen Tag und eine ganze Nacht konnte die ‚Levante' nur mit den Muskeln der Vogatori-Rudermannschaft bewegt werden. Erst in der Bucht der Grimaldis kam Wind auf. Die Grimaldis sind Piraten. An einem Schiff, beladen mit Steinen, würden sie kein Interesse haben. Ihr Interesse galt Schiffen aus dem Orient, die Gewürze, Gold und Silber transportieren.

27

Die Vollmondnacht war vorüber. Lorenzo wurde in seine menschliche Gestalt zurückverwandelt und konnte aus Calistos Kajüte entkommen. Er versteckte sich im Laderaum hinter einem Alabasterblock. Doch jetzt hatte er Hunger und Durst und die Nächte waren eisig kalt. Er musste etwas unternehmen.

„Wir haben einen Dieb an Bord!" meldete Staumeister Bruno dem Capitano. „Mir wurde meine Decke und ein großes Stück Maisbrot gestohlen."

„Habt ihr einen Verdacht, Bruno?"

„Ja, Capitano. Ein blinder Passagier."

„Vielleicht hat sich die Nachtigall in eurer Decke versteckt und knabbert an eurem Brot, Bruno. Seit letzter Vollmondnacht ist sie wieder verschwunden", mischte sich Calisto mit einem Lächeln auf den Lippen in das Gespräch ein. Plötzlich kamen Hilferufe aus dem Laderaum.

„Hier bin ich! Hier! Hinter dem großen Alabasterstein. Ich bin eingeklemmt. Hilfe, Hilfe!", rief jemand.

Die ‚Levante' hatte den Hafen von Palma bereits verlassen und befand sich auf dem Weg zur Meerenge von Gibraltar.

„Na, wen haben wir denn da?", fragte der Capitano, als er zwischen den Steinblöcken einen jungen Burschen entdeckt hatte.

„Ich heiße Lorenzo."

„Wie seid ihr auf mein Schiff gekommen?"

„Ich kann es euch nicht sagen, Capitano."

„Irgendwie kommt ihr mir bekannt vor. Bruno: Nehmt euch seiner an. Wenn er schon hier ist, dann soll er sich nützlich machen", befahl Capitano Rinaldo und stieg die Treppe hinauf auf das Oberdeck.

„Erst gibst du mir meine Decke zurück. Von dem Maisbrot ist bestimmt nichts mehr übrig, oder?" fragte Bruno den blinden Passagier. „Wir müssen den Alabasterblock wieder stabilisieren und du Grünschnabel wirst mir dabei helfen.", befahl Bruno, der Staumeister, und zeigte mit seinem rechten Armstumpf in den Laderaum. „Glotz nicht so blöd, es kann schon mal passieren, dass so ein Steinblock vom Ladebaum rutscht und dir die Hand zerquetscht." Lorenzo lief es eiskalt den Rücken hinunter.

Aus sicherer Entfernung beobachtete Ilaria die Szenerie. Mit ihren wachen, grünen Augen, die in der Nacht wie Smaragde funkelten, schaute sie vom Achtersteven hinunter in den Laderaum. Eigentlich war sie als Schiffskatze angestellt, um Mäuse oder Ratten zu fangen. Aber so ein kleines Vögelchen, wie eine Nachtigall, würde ihren Speiseplan bereichern. Sie war die einzige an Bord, die wusste, wo oder besser, wer die Nachtigall war. Dann blickte sie in den Himmel. Der Mond war aufgegangen und würde heute Nacht wieder seine volle Größe erreichen.

Schiffsastronom Calisto beobachte ebenfalls den Sternenhimmel und suchte ihn vergebens nach dem Kometen ab. Letzte Nacht hatte er ihn noch knapp über dem Horizont sehen können, doch jetzt war er verschwunden. Heute Nacht wird die ,Levante' die Meerenge an der Südküste Spaniens passieren. Die Seefahrer bezeichnen sie noch immer als ,Säulen des Herakles'. Wenn sie Morgen den Atlantik erreicht haben, hatte dieser Junge aus Panarea -Lorenzo- recht gehabt: Der Komet war eher ein gutes Zeichen gewesen.

Lorenzo spürte wieder die Veränderung, die gleich passieren würde. Er stieg vom Laderaum auf das Oberdeck. Bruno der Staumeister schlief bereits. Schiff voraus brannten auf den Hügeln beiderseits der Meerenge Leuchtfeuer und genau dazwischen schien eine mächtige, silberglänzende Himmelsscheibe: der Vollmond. Capitano Rinaldo ließ das Großsegel einholen. Zwischen den ,Säulen des Herakles' gibt es tückische Windböen, die ein Schiff an die Klippen treiben können.
„Hört ihr das?", fragte Calisto den Capitano.
„Ich höre nur die Brandung."
„Nein, da ist noch etwas anderes. Es klingt wie ein Vogel oder wie …"
In diesem Moment kam der Steuermann aus dem Ruderraum gelaufen.
„Capitano, Capitano. Die ,Sirenen' singen, hört ihr sie. Wir werden an den Klippen zerschellen. Die Vogatori weigern sich, durch die ,Säulen des Herakles' zu rudern. Wir werden alle jämmerlich ertrinken. Wir müssen umkehren, Capitano.", schrie der Steuermann und hielt sich mit den Händen die Ohren zu.
„Die ,Sirenen' sind eine Erfindung Homers", antwortete der Capitano, der die Fahrten des Odysseus gründlich studiert hatte.

„Was meint ihr, Calisto?" Der Schiffsastronom zeigte auf die Mastspitze des Großsegels und lachte.

„Unsere Nachtigall ist wieder da, Capitano. Von wegen die ‚Sirenen' singen." Auch der Capitano grinste und befahl seinem Steuermann: „Alle Mann an die Ruder!"

Das Schiff kam unbeschädigt durch die Meerenge und auch die gefürchteten Stürme im Golf von Biscaya konnten dem Einmaster aus widerstandsfähiger Libanonzeder nichts anhaben. Noch viermal sang die Nachtigall in den darauffolgenden Vollmondnächten. Ilaria, die Schiffskatze, hatte es längst aufgegeben, ihr nachzustellen. Denn sie allein wusste um das Geheimnis, das sich dahinter verbarg.

Das Schiff passierte die Seine-Mündung und ankerte an einem warmen Frühlingsmorgen in Paris. Der Dombaumeister der Kathedrale „Notre Dame" erwartete schon sehnsüchtig die kostbare Fracht der ‚Levante'. Lorenzo verabschiedete sich vom Capitano, von Bruno und von Calisto und lief schnurstracks zur Universität.

Paris war zu jener Zeit bereits eine beachtliche Stadt, eine Stadt der Zünfte, der Gelehrten und der Kunst. Wie er so durch die Straßen und staubigen Gassen ging, hatte er das Gefühl, verfolgt zu werden. Er versteckte sich hinter einem Mauervorsprung und wartete. Der Verfolger entpuppte sich als eine Verfolgerin. Sie trug ein rauchgrau getigertes Fell. Es war Ilaria, die Schiffskatze. Sie schnurrte, schlängelte sich durch Lorenzos Beine und rieb ihren Kopf an seiner Hose.

„Hast wohl keinen Appetit mehr auf Schiffsmäuse", sagte er und nahm die Schnurrende auf den Arm.

„Miau", antwortete Ilaria und leckte mit ihrer rauen Zunge an Lorenzos linkem Ohr.

„Also gut, dann suche ich für uns eine Bleibe. Du hältst mir die Pariser Mäuse vom Leibe und ich biete dir ein Dach über deinem Fell." Lorenzo schaute in Ilarias Smaragdaugen. Sie funkelten wie Edelsteine.

Bei Jules, dem Zupfinstrumentenbauer fanden beide Unterschlupf. Neben dem Studium der Artes-Liberalis - der freien Künste - lernte Lorenzo von Jules, die Laute zu spielen und das Lesen und Schreiben der „Neumen", der ersten Notenschrift.

Er komponierte einige Motette, die meistens von seiner Heimat, der Insel Panarea und seiner Schwester Anna handelten. Abends ging er oft hinunter an die Seine und beobachtete die Handelsschiffe, die vor Anker lagen. Insgeheim hoffte er, die ‚Levante' mit Bruno, Calisto und Capitano Ronaldino zu entdecken. Er wollte ihnen einen Brief an seine Schwester Anna mitgeben. Er hatte ihr geschrieben, dass es ihm gut geht und er Sehnsucht nach ihr und seiner Heimat verspürt. In den Vollmondnächten sang die Nachtigall auf dem Giebel von Jules Instrumentenwerkstatt. Ilaria, die ehemalige Schiffskatze, hielt dabei Wache und vertrieb streunende Pariser Katzen, die Appetit auf zartes Singvogelfleisch hatten. Für Jules war der Nachtigallengesang wie ein Wunder. Er blieb die ganze Nacht wach und versuchte, die Töne mit Hilfe der Notenschrift festzuhalten. Am Morgen spielte er sie auf der Laute nach. Aber die Lautentöne waren kein Vergleich zu dem meisterhaften Nachtigallengesang.

In der neuen Kathedrale „Notre Dame", auf die die Pariser besonders stolz waren, und die Menschen aus aller Welt anlockte, fanden jede Woche Konzerte statt. Leoninus und Perotinus, die Magister, waren mit ihren mehrstimmigen Motetten weit über die Landesgrenzen hinaus bekannt. Sie waren die berühmtesten Musiker jener Zeit. Lorenzo und Jules besuchten jede Woche deren Aufführungen. So auch heute am Abend vor dem Septembervollmond. Die Kathedrale war bis auf den letzten Platz gefüllt. Über Paris braute sich ein Gewitter zusammen. Es tauchte die Stadt in ein bläuliches Halbdunkel.

Magister Perotinus spielte die Laute im Rhythmus des Donners. Lorenzo stand im rechten Flügel des Kirchenschiffs und beobachtete die Szenerie. Sein Blick schweifte vom Altar durch die Reihen der Konzertbesucher. Das Gewitter befand sich genau über den zwei Türmen der „Notre Dame". Ein Blitz streifte den rechten Glockenturm und erleuchtete ihn. Die Kerzen flackerten und warfen ängstliche Schatten an die Wände. Die Glocken läuteten, die Mauern erzitterten. Die Menschen duckten sich und beteten. Durch die bunten Bleiglasfenster erleuchtete ein weiterer

Blitz das Innere der Kathedrale und Lorenzo erblickte „*Sie*" zum ersten Mal.

Er glaubte, dass ein Blitz sein Herz getroffen hatte und es zu zerbersten droht. Sein Herz schlug wie die Hämmer der Steinmetze beim Spalten der Granitblöcke. „*Sie*" saß neben einer geheimnisvollen Frau im Gewand einer Nonne. Für einen Moment berührte ihr Blick aus rehbraunen Augen Lorenzo. Aus den Granithämmern in seinem Herzen wurden Katapultgeschosse. Die geheimnisvolle Frau im Nonnengewand bemerkte den Austausch ihrer Blicke. Sie flüsterte „*Ihr*" etwas ins Ohr. Das Unwetter hatte die Pariser Gassen in schlammige Rutschbahnen verwandelt. Als Perotinus das Konzert beendete, stand Lorenzo bereits am Portal. Jules sagte er, dass er später nach Hause kommen werde.

Die Konzertbesucher stakten wie Stelzenläufer über die Gassen aus Schlamm nach Hause. Dann stand „*Sie*" wie eine Fata Morgana im Portal der „Notre Dame". Mit ihren langen, welligen roten Haaren, die wie Schlangen auf die Schultern fielen, und in ihrem weißen Kleid sah sie aus wie ein Engel auf den Altargemälden. Ihre Begleiterin in der Nonnentracht redete noch mit den Magistern im Inneren der Kathedrale.

„Seit ihr das erste Mal in Paris. Ich könnte euch und eurer …"

„Das ist die Äbtissin Hildegard."

„Also ich könnte euch Paris zeigen, wenn ihr gewollt seit. Ich heiße Lorenzo. An der Universität studiere ich die freien Künste und wohne bei Meister Jules, dem Instrumentenbauer."

Sie zog eine Augenbraue in die Höhe und antwortete: „Ich heiße Eleonora. Ich bin eine Schülerin der Äbtissin und begleite sie auf ihrer Pilgerreise."

„Das klingt interessant. Darf ich euch wenigstens auf einen Becher Wein in die Taverne „Latin" einladen?"

Eleonora schaute zu ihrer Herrin und deutete auf Lorenzo. Sie bekam erst einen misstrauischen Blick und nach etwa zehn Sekunden, die sich wie zehn Stunden anfühlten, ein Nicken von Hildegard zurück.

„Aber der Regen, die Straßen, der Matsch?"

„Ich kenne einen Weg, wo wir keine nassen Füße bekommen", sagte Lorenzo.

Er nahm Eleonora an die Hand, die sich wie chinesisches Porzellan anfühlte und stahl eine brennende Fackel, die der

Küster am rußgeschwärzten Portal der „Notre Dame" angefacht hatte. Die Nachtwolken breiteten sich wie Mäntel aus Mäusefellen über Paris aus.

Lorenzo führte Eleonora zu einem Ausgang, der sich hinter einem Vorhang befand. Als er ihn öffnete, wehte ihnen ein kalter Hauch entgegen, der nach Vergänglichem roch. Sie liefen durch ein unterirdisches Labyrinth, das sich wie die Tentakel eines Kraken unter Paris befand.

Nach etwa zehn Minuten zeigte Lorenzo zu einer Treppe.

„Wir sind da. Die Tür führt in die Abtei „Saint Victor". Gleich nebenan ist die Taverne", sagte er und stieg die Stufen hinauf. Doch der Ausgang war verschlossen. Er rüttelte, klopfte und rief immer wieder: „Hallo, ist da wer? Hallo!" Vergeblich, sie kehrten um und liefen zurück zur Hintertür der „Notre Dame". „Verdammt. Sie geht nicht auf. Irgendjemand hat auch sie abgeschlossen." Lorenzo rüttelte, klopfte und rief - ohne Erfolg. Sie liefen durch weitere Gänge, die rechts und links abzweigten, um einen Ausgang zu finden. Es war wie verhext. Dann erlosch Lorenzos Fackel.

„Ich habe Angst, Lorenzo. Wie kommen wir hier wieder heraus? Die Äbtissin wird sich Sorgen um mich machen." Eleonora schmiegte sich an Lorenzos Schulter und vergrub ihren Kopf in seinen schwarzen Locken.

„Tut mir leid. Es ist meine Schuld. Bitte verzeiht mir. Wir müssen die Nacht wohl hier unten verbringen. Habt keine Angst. Morgen früh, wenn der Küster die Kerzen in der „Notre Dame" entzündet, wird er uns die Tür öffnen."

Sie legten sich auf den staubigen Boden, um zu schlafen. Über Paris schien in dieser Nacht ein lächelnder Vollmond. Als der Küster das Klopfen Lorenzos hörte und die Pforte öffnete, schien die Sonne durch die bunten Fenster der Kathedrale.

„Ich habe heute Nacht von einer Nachtigall geträumt, sagte Eleonora. Sie hat so herrlich gesungen, dass ich mich wie in einem Himmelbett gefühlt habe."

„Du hast nicht geträumt. Die Nachtigall war wirklich heute Nacht bei dir. Aber das erkläre ich dir später."

Als sie die Kathedrale verließen, wurden sie von einer buckligen Gestalt in einer Mönchskutte beobachtet. An der Kordel, die die

Kutte zusammenhielt, hing ein eiserner Haken, mit dem man Türen öffnen und schließen konnte.

Die Äbtissin Hildegard blieb noch einen ganzen Monat in Paris. In dieser Zeit verliebte sich Lorenzo unsterblich in Eleonora. Auch Hildegard fand Gefallen an dem jungen Paar. Nachdem Oktobervollmond, wo zum letzten Mal die Nachtigall auf dem Giebeldach der Instrumentenwerkstatt sang, verabschiedeten sich Eleonora und Lorenzo von Jules, dem Instrumentenbauer und von Ilaria, der ehemaligen Schiffskatze. Das verliebte Paar hatte beschlossen, keinen Tag ohne einander zu verbringen. Und so verließ Lorenzo die Universitätsstadt und begleitete Hildegard und Eleonora in ihre Heimat, dem „Kloster Rupertsberg" am Rhein.

Der Weg war beschwerlich. Er führte über eine holprige Handelsstraße, die von Paris nach Trier verlief. Dort wartete ein Kahn, der sie über Mosel und Rhein zurück ins Kloster bringen sollte. Sie mieteten sich ein Pferdefuhrwerk. Ein Herbststurm, der nach Schnee und Eis roch, wehte über das Land.

„Wir werden verfolgt, hauchte die Äbtissin ängstlich am folgenden Tag ihrer Reise.„Gibt es etwas, das ihr mir sagen möchtet, Lorenzo?"

„Vielleicht ist es wegen der Nachtigall, dem Fluch, dem mein Geliebter ausgesetzt ist", antwortete Eleonora.

„Was für ein Fluch?". Und so erzählten sie ihr die Geschichte mit dem Fluch der Verwandlung Lorenzos in den Vollmondnächten.

„Dann wollen wir uns sputen und hoffen, pünktlich in Trier anzukommen." Hildegard befahl dem Fuhrmann, seine Pferde anzutreiben.

Der Bucklige in der Mönchskutte schaute von seinem Pferd hinauf in den Nachthimmel. In zwei Stunden wird der Vollmond mit seinem silbernen Licht die Erde bedecken. Dann wird er sich das Vögelchen holen, das im Wagen der Äbtissin vor ihm sitzt.

„Wir schaffen es nicht bis zum Vollmond in Trier zu sein. Die Pferde sind zu schwach. Wir müssen noch einmal rasten", sagte der Fuhrmann zu Hildegard.

„Also gut", sagte Eleonora zu Lorenzo. „Du steigst in diesen Jutesack. Ich binde ihn fest zu. Mit der Pferdepeitsche des Fuhrmanns werde ich die ganze Nacht Wache halten. Ach, und versuche einmal nicht zu singen, oder wenn dann nur ganz leise. Los beeil dich."

Aus sicherer Entfernung beobachtete der Bucklige das Geschehen im Pferdewagen. Er stieg von seinem Gaul und schlich mit einem Vogelfangnetz zu Hildegards Pilgergesellschaft. Ganz leise hörte er bereits den Gesang der Nachtigall. Die junge Frau mit der Pferdepeitsche, Hildegard und der Fuhrmann waren eingeschlafen. Er hatte sich bis zum Pferdewagen herangeschlichen und bemerkte, dass der Nachtigallengesang aus einem Jutesack kam.

„Dann brauche ich das Vögelchen gar nicht mehr einzufangen", dachte der Bucklige erfreut und beugte sich vorsichtig über die Wagenwand. In diesem Moment sprang ihm ein pelziges Ungeheuer ins Gesicht und kratzte ihm die Augen aus. Er schrie aus Leibeskräften und rannte ziellos in den Wald. Durch den entsetzlichen Schrei des Buckligen waren alle sofort wach. Eleonora griff nach dem Jutesack. Er war noch verschlossen und drinnen hörte sie die Nachtigall singen. Sie war erleichtert. Hildegard und der Fuhrmann atmeten tief durch. Kurz darauf sprang das Kratzungeheuer wieder in den Wagen und miaute.

„Ilaria, wo kommst du denn her?" fragte Eleonora und graulte ihr getigertes Fell.

Ilaria war dem Buckligen von Paris bis hierher gefolgt. Sie wollte Lorenzo beschützen. Wer weiß, wie es ohne die ehemalige Schiffskatze ausgegangen wäre.

Die Vollmondnacht näherte sich ihrem Ende. In Trier bestiegen sie einen Lastkahn und fuhren über die Mosel und den Rhein bis zum „Kloster Rupertsberg".

Eleonora und Lorenzo lernten von der Benediktinerin viel über Heilkräuter und den Umgang mit Krankheiten. Noch zweimal begleiteten sie Hildegard auf ihren Pilgerreisen.

Eine führte sie auf den Main stromaufwärts über Mainz, Wertheim bis nach Würzburg. Dort machte Lorenzo Bekanntschaft mit „ihm", dem Meister, dem Minnesänger Walther von der Vogelweide - der Nachtigall unter den Troubadours. Am Bischofssitz in Würzburg fanden Lorenzo, Eleonora und Ilaria eine Wohnung unterhalb der Festung Marienburg. Mit dem Wissen Hildegards bekam Eleonora alsbald eine Anstellung als Heilerin im Hospiz. Lorenzo bewarb sich als Singerknabe bei Walther, dem Minnesänger. Als Lorenzo ihm das Geheimnis der Vollmondnächte, in denen er sich in eine Nachtigall verwandelt, verriet, war Walther sofort einverstanden.

Zu Lorenzos Aufgaben gehörten, Walthers Harfe aus rotem Kirschholz zu stimmen und den Bogen der Laute mit den Rosshaaren zu spannen. In den Vollmondnächten aber inspirierte der Gesang der Nachtigall den großen Minnesänger zu seinen schönsten Liebesminnen. Lorenzo und Eleonora heirateten und bekamen Zwillinge. Es waren zwei Mädchen. Sie nannten sie Ilaria und Ilektra. Die Hochzeit fand im Dom zu Würzburg statt. Walther spielte und sang an diesem Tag wie ein Nachtigallenengel, der wie eine Feder vom Himmel geschwebt war.

Nur einige Tage nach Geburt der Zwillingsmädchen verstarb die ehemalige Schiffskatze. Mit ihren samtweichen Pfoten hatte sie zuvor die rosa Wangen der Mädchen gestreichelt und leise geschnurrt. Lorenzo beerdigte sie im Domgarten unter einer Linde. In die Rinde ritzte er ihren Namen: *ILARIA*.

Die Zeit verging. Die Wende zum neuen Jahrhundert kam immer näher. Walther von der Vogelweide war inzwischen in ganz Europa berühmt. Er sang und spielte am Hofe des Kaisers und an vielen Burgen und Schlössern der Landesfürsten.

Eines Tages, es war im Herbst des Jahres 1199 bekam Walther eine Einladung des Edelfreien von Steinach, Bligger II., der ebenfalls als Minnesänger Berühmtheit erlangt hatte. Er bat Walther zu einer Audienz auf die Hinterburg zu Steinach.

„Verabschiedet euch von Eleonora und euren Töchtern. Wir werden das neue Jahrhundert an der Neckarschleife von Steinach begrüßen", sagte mit sonorer Singstimme Walther zu Lorenzo.

„Du willst mich und die Mädchen verlassen?", schluchzte Eleonora, als Lorenzo die Nachricht seiner Familie verkündete. Sie fiel Lorenzo um den Hals und küsste ihn voller Leidenschaft.

„Die Reise ist beschwerlich, Eleonora. In den Odenwälder Bergen liegt sicher schon Schnee."

„Aber die Mädchen und ich könnten im nahegelegenen Kloster Schönau das Neujahrsfest begehen. Bitte, nimm uns mit."

Walther konnte die Bitte Eleonoras nicht abschlagen. So reisten sie auf dem Main von Würzburg bis zur Mildenburg. Mit einem Pferdewagen überquerten sie von dort über eine alte Limesstraße der Römer den Odenwald. In der Ferne sahen sie den „Katzenbuckel-Berg", der ein weißes Häubchen aus Schnee trug. In Gedanken hörte Eleonora die Schiffskatze Ilaria schnurren.

In Eberbach bestiegen sie ein Floß und fuhren den wilden Neckar hinab. Die Floßfahrt war gefährlich. Es galt Untiefen und Stromschnellen zu überwinden. Immer wieder spritzte ihnen eiskaltes Neckarwasser entgegen. Ihre Kleider waren bis auf die Haut durchnässt: Da passierte das Unglück. Nahe der Burg Hirschhorn brach das Floß entzwei. Mit viel Mühe konnten sich alle an den Buchenstämmen festhalten.

Die Hirschhorner Fischer, die gerade ihre Netze einholten, zogen alle, bis auf den Flößer, der von einem Stamm erschlagen wurde und ertrank, auf trockenes, kaltes Land. Im Haus des Fischers Reinhold trockneten sie ihre nassen Kleider. Reinholds Frau beköstigte sie mit einer heißen Fischsuppe und mit frisch gebackenem Brot. Ein Bote wurde zur Hinterburg geschickt. Am nächsten Tag holte ein Pferdewagen Walthers Reisegesellschaft ab und brachte sie zu Bligger, dem Edelfreien von Steinach. Eleonora fuhr mit den Zwillingen weiter ins nahe Kloster Schönau.

„Was gibt es so Wichtiges, weshalb ihr sogar meinen Singerknaben Lorenzo hinausgeschickt habt?", fragte Walther den Bligger.

„Es geht um den Schatz der Nibelungen. Mir wurde aus der Feder eines unbekannten Dichters eine Abschrift des Nibelungenliedes zugespielt, aus der ich nicht richtig schlau werde. Ich brauche euren Rat", flüsterte Bligger hinter vorgehaltener Hand.

Lorenzo stand hinter einem Gesims und konnte das Gespräch belauschen. Was er nicht wusste war, dass am anderen Ende des Ganges ein blinder Buckliger in einer Mönchskutte ebenfalls das Gespräch um den Schatz der Nibelungen mit verfolgte. Die Nacht war über dem Neckartal hereingebrochen. Die Sterne funkelten wie Glasperlen. Über der gegenüberliegenden Dilsburg erblickte Lorenzo einen Kometen. Anders als bei dem Kometen in Genua hatte er dieses Mal das Gefühl, dass dieser Schweifstern ein böses Zeichen zwar. „Seht euch das an…"flüsterte Bligger weiter, „hier steht:

Alles Gold und Silber der Burgunderkönige versenket im Flusse Neckaria"

„Ich glaube, das ist eine Fälschung", entgegnete Walther. „Soviel ich weiß, soll der Nibelungenschatz irgendwo auf dem Grund des Rheins liegen."

„Und wenn nicht?" Bligger schaute mit einem Lächeln ebenfalls hinüber zur Dilsburg. Auch er sah den Kometen am Nachthimmel. Für ihn war er das Zeichen, dass er bald Besitzer des legendären Nibelungenschatzes sein würde.

Der Bucklige verfolgte Lorenzo am nächsten Morgen auf dem Weg ins Kloster Schönau. Die Kapuze der Mönchskutte hatte er tief über seine augenlose Fratze gezogen. Sein Augenlicht, das ihm eine Schiffskatze ausgekratzt hatte, ersetzte nun ein Rabe, der auf seinem Buckel saß und ihm den Weg wies. Es waren nur noch wenige Stunden bis zum letzten Vollmond dieses Jahrhunderts. Seit zwei Tagen hatte „Auge", wie er den Raben nannte, nichts zu fressen bekommen. Unruhig hüpfte er auf dem Buckligen herum.

„Die Zwillinge sind krank. Sie haben die Pocken. Fast alle im Kloster haben die Pocken", begrüßte mit zittriger Stimme Eleonora Lorenzo, als er nach einem zweistündigen Fußmarsch im Kloster ankam. „Und dann ist heute auch noch Vollmond.

Ach, wir hätten nicht auf Walther hören sollen und wären lieber zu Hause in Würzburg geblieben."

„Du hast recht, meine liebe Frau. Was nützen uns alle Schätze dieser Welt, wenn unsere Mädchen krank sind."

„Von was redest du, Lorenzo?"

„Der Komet ist wieder da und der Bligger glaubt, dass der Nibelungenschatz auf dem Neckargrund nahe seiner Burg liegen soll." In diesem Augenblick flog ein Rabenvogel mit einem markerschütterten „Krah, krah"-Geschrei über den Klosterhof.

„Ah, der Mönch ist angekommen", sagte Eleonora erfreut und suchte den Himmel nach dem Raben ab.

„Ist dieser angebliche Mönch etwa blind und hat einen Buckel?"

„Ja und auf seinem Buckel führt er einen Raben mit sich, der ihm das Augenlicht ersetzt, stell dir das vor, Lorenzo. Ein Rabe! Er soll ein Heiler sein, der sich mit der Pockenkrankheit auskennt und sie behandeln kann."

„Wir sind in großer Gefahr", sagte Lorenzo und nahm Eleonora in den Arm. Er liebkoste sie ein letztes Mal. Ihre Herzen schlugen noch schneller als beim ersten Mal in der Kathedrale „Notre Dame". Tränen der Liebe und des Abschieds liefen ihnen wie salzige Rinnsale über ihre Wangen. Es war eine Stunde vor dem letzten Vollmond des Jahrhunderts.

In dieser Nacht sang eine Nachtigall über den Klostermauern in der schönen Au. Ihr Gesang war im ganzen Tal bis hinunter zu Bliggers Burg zu hören.

„Hört ihr das?", fragte Walther den Bligger. „Das ist Lorenzo, mein Singerknabe", verkündete der Meistersänger stolz. Doch der Bligger hatte nur noch den Nibelungenschatz im Sinn.

Am nächsten Morgen fand Eleonora drei Federn einer Nachtigall im frischen Schnee des Klosterhofes. Eine Feder behielt sie für sich. Die beiden anderen bekamen ihre Zwillinge, Ilaria und Ilektra. Wie durch ein Wunderwurden sie kurz darauf von den Pocken geheilt. Zeit ihres Lebens sollten die Federn sie vor Krankheiten beschützen.

Die Neckarfischer entdeckten am Tage darauf in ihren Netzen eine Mönchskutte und einen toten Raben, dem man die Augen ausgekratzt hatte.

Als Bligger den Schatz der Nibelungen bergen wollte, fand er nur einen nackten, toten Buckligen auf dem Neckargrund.

Noch viele Jahre wartete Eleonora vergebens auf ihren Geliebten. In jeder Wolke, die vorüber zog, sah sie sein makelloses Gesicht.

Doch immer, wenn eine Nachtigall in den tiefen Wäldern des Odenwaldes sang, fühlte sie sich ihm nahe: Lorenzo aus Panarea.

Helix - die schwarze Perlensonne

Muschel-Planeten-Galaxie

Entfernung zur Erde: 160 Millionen Lichtjahre
MPG-Zeitrechnung: Perlenzeit
Zeitrechnung auf der Erde: Jungsteinzeit

Die Bewohner der Galaxie:

Helix:	Die schwarze Perlensonne
Spirax:	Der Spiralmuschelnebel
Gadus:	Der Muschelzauberer
Alvania:	Die Muschelprinzessin
Harvella:	Die Muschelkönigin
Rhodina:	Der Muschelkönig
Tellus:	Hauptmann der Muschelsoldaten
Flavex:	Alvanias`s Geliebter
Gravex:	Bruder von Flavex
Omala:	Korallenschiffsbaumeister
Alexia:	Königin aus dem faulen Kratersee
Rotella:	Muschelflieger
Tegula:	Stabkorallenunterwasserboot
Morlina:	KTWDT= KorallenTriebWerksDüsenTurbine
Linux:	Vollmond mit verzagtem Licht

„Lasst uns keine Perlzeit verlieren König Rhodina. Den Bewohnern eurer Muschelplanetengalaxie droht ein grausamer Erstickungstot!", ruft Tellus - Hauptmann der Muschelsoldaten - seinem Muschelkönig zu. Er streckt mit seinem Wurmarm eine prächtige Leuchtkorallenlanze in die Höhe und fügt ein sprudelndes „*Sootschii*" hinzu. Hauptmann Tellus ist eine ständig verschnupfte, rechtsseitig gezackte Nieskampfmuschel. Seine Muschelschalen sind übersät mit Striemen, Kratzern und Löchern, die er sich bei Kämpfen gegen die linksseitig gezackten Schwertkampfmuscheln zugezogen hatte.

Das Volk der Schwertkampfmuscheln lebt hinter dem Helix-Gebirge in einem fauligen Kratersee. Ihre Königin Alexia ist neidisch auf den schönen Sternenwasserozean des rechtsseitig gezackten Muschelvolkes. Es vergeht keine MPG-Zeitrechnung, ohne dass ihre Muschelkrieger die Grenzen durchbrechen und ihre Artgenossen überfallen.

„Ihr habt Recht, Hauptmann Tellus. Wir müssen unverzüglich ergründen, warum unsere schwarze Perlensonne nicht mehr scheint. Seht, der Sternenwasserozean beginnt bereits zu gefrieren!", ruft König Rhodina.

„Unsere Korallenschiffsflotte ist zum Ablegen bereit. Wir werden unsere Perlensonne befreien -*Sootschii.*"

Am südlichen Ufer des Sternenwasserozeans, auf einer kleinen vorgelagerten Koralleninsel, steht ,Shell-Castle': das Muschelschloss. Dort wohnen der König Rhodina, Königin Harvella und die bezaubernde Muschelprinzessin Alvania: eine purpurfarbene Fächermuschel. Es herrscht Trauer auf ,Shell-Castle'. Der Grund ist die schwarze Perlensonne ,Helix'. Seit sieben Perltagen dringen keine wärmenden Strahlen mehr von ihr ins Muschelreich.
Alle Muscheln der Galaxie besitzen einen Schleimfuß, auf dem sie aufrecht stehen und sich fortbewegen - switschen können. Aus den gezackten Öffnungen am linken Rand der Schalen strecken sie einen Wurmarm heraus. Mit diesem Wurmarm, von dem jede Muschel einen besitzt, können sie mit Dingen hantieren. Durch zwei Schlitze im Muschelpanzer schauen ihre Perlaugen heraus.

Die Korallenschiffe kamen nur langsam voran. Immer wieder mussten sie Eisschollen aus gefrorenem Sternenwasser umschiffen.

„Was ist eure Meinung, Hauptmann Tellus, warum unsere schwarze Perlensonne nicht mehr scheint?"

„*Sootschii*. Entweder hat dieser hinterlistige Muschelzauberer Gadus unsere Helix-Sonne in der Gewalt oder Spirax, der Spiralmuschelnebel, ist an allem Schuld, König Rhodina."

„Ich würde mich nicht wundern, wenn Alexia - die Königin aus dem fauligen Kratersee jenseits des Helix-Gebirges ihren narbigen Wurmarm mit im Spiel hätte." Angewidert kratzt sich der Muschelkönig mit seinem makellosen Wurmarm an seinem glänzenden Muschelbauch.

„Wir haben Glück mein König. Seht ihr das!", Hauptmann Tellus zeigt mit der Korallenlanze nach Norden. „Der Linux-Vollmond ist soeben aufgegangen." Er tauscht die Korallenlanze mit seinem Linux-Refraktrascop und schaut hindurch. „*Sootschii*. Nach meinen Berechnungen wird der Linux-Vollmond unsere Galaxie für fünfkommasieben Perltage mit verzagtem Licht erhellen und uns den Weg in den Helix-Fjord weisen."

Am gegenüberliegenden Ufer des Sternenwasserozeans leben die Muschelbrüder Flavex und Gravex. Wenn nachts die Perlensonne strahlt, sendet Flavex mit seiner türkisglänzenden Muschelschale Lichtsignale an die Muschelprinzessin Alvania, die er sehr liebt. Alvania beantwortet seine Liebesgrüße mit ihrem Spiegel aus Muschelglas. Doch seitdem Helix nicht mehr scheint, herrscht Funkstille zwischen den unsterblich Verliebten.

„Bist du bereit Bruder Gravex, mit unserem Muschelzeppelin ,Rotella' den Kampf gegen alle finsteren spiralnebeligen Gaduszauberer und alexischen Schwertmuschelkriegern aufzunehmen, um unsere Helix-Sonne zu befreien?"

„Ja, aber ... müssen wir nicht durch den gefährlichen Spiral-Nebel fliegen?", fragt er mit klappernden Muschelschalen.

„Hab keine Angst kleiner Bruder. Ich habe das Katapult-triebwerk unseres Rotella-Zeppelins auf höchste Perlzonengeschwindigkeit eingestellt.", antwortet Flavex triumphierend und zündet das Triebwerk.

„*Sootschii*- König Rhodina, mit meinen Berechnungen über das verzagte Licht des Linux-Vollmondes habe ich mich wohl geirrt. Mein Linux-Refraktrascop zeigt nur noch einskommalinuxperl an, dann ..."

„Was ist dann Hauptmann Tellus?", fragt der König verzweifelt und erste Risse kräuseln sich auf seiner Muschelschalenstirn.

„dann setzt sich der Spiralmuschelnebel vor das verzagte Licht des Linux-Vollmondes und unsere Galaxie wird für immer erfrieren!"

„Wenn Spirax das verzagte Licht unseres Linux-Vollmondes verdeckt, dann kann es nur der Zauberer Gadus sein, der unsere schwarze Perlensonne in der Gewalt hat."

„*Sootschii*. Das ist auch meine Meinung."

„Startet unverzüglich die CORAL-Generatoren, Hauptmann Tellus. Bringt die Masten und Planken unserer Korallenschiffe zum Leuchten. Sie sollen uns jetzt den Weg in den Helix-Fjord weisen. Volle Perlkraft voraus!"

Prinzessin Alvania besitzt neben ihrem Spiegel aus Muschelglas auch ein Korallenfernrohr. Seit einigen Perlminuten versucht sie damit auf der Flavex-Gravex-Insel die Brüder zu erspähen. Die Sicht wird immer schlechter. Alvania schwenkt das Fernrohr über den Horizont und sieht, wie ein seegurkenförmiges Fluggerät in den Spirax-Nebel eintaucht und darin verschwindet. Aufgeregt switscht sie auf ihrem zarten Schleimfuß durch den großen Korallensaal von Shell-Castle in die Gemächer der Muschel-königin Harvella.

„Bitte, bitte Königin-Mutter, gebt mir unser Stabkorallen-U-Boot Tegula. Ich muss Flavex und Gravex, meinen Vater König Rhodina, Hauptmann Tellus und den vielen Muscheln der Korallenschiffsflotte helfen. Bitte! Mit Tegula können wir bis in den Helix-Fjord tauchen, auch wenn ein großer Teil des Sternenwasserozeans bereits zugefroren ist", fleht Prinzessin Alvania die Muschelkönigin an.

„Das ist zu gefährlich Prinzessin. Außerdem ist unsere Stabkoralle schon sehr alt und bis ins Helix-Gebirge ist es weit", entgegnet die Königin.

„Vielleicht könnte uns der alte Schiffsbaumeister Omala dabei helfen, unsere U-Boot-Koralle wieder flott zu machen?"

„Du meinst den Baumeister unserer stolzen Korallenschiffs-flotte?"

„Ja, und er hat doch auch die KTWDT-Morlina erfunden und gebaut!"

„Die KTW – Was?"

„Na die KorallenTriebWerksDüsenTurbine Morlina. Bisher haben wir sie nicht gebraucht. Aber jetzt in unserer größten Not könnten wir damit Tegula antreiben und wären in nullkommaperl im Helix-Fjord."

„Also dann befehle ich Harvella - Königin der Muschel-planetengalaxie: Schiffsbaumeister Omala möge seine KTW-Dingsda-Maschine starten."

„Ich switsche sofort los."

„Noch einen Moment Prinzessin. Passen wir denn zu dritt in die schmale Stabkoralle?"

„Zu dritt? Ihr kommt mit Königin?"

„Ich werde nicht tatenlos zusehen, wie unsere Galaxie erfriert!"

„Wenn ich mit unter eure königliche Muschelschale schlüpfen darf, dann müsste der Platz ausreichen", sagte Alvania ver-schmitzt und switschte davon.

Flavex und Gravex hatten den gefährlichen Spirax-Nebel zu spät bemerkt. Sie rasten mit über Siebenhochdreimegaperlgeschwin-digkeit in ihrem Muschelzeppelin Rotella mitten hinein. Im Spirax-Nebel tobten galaktische Stürme und eisige Blitze zerrissen die Nebelschwaden.

Spirax rotierte ununterbrochen wie ein gigalaktisches Riesenrad um seine eigene Achse, in deren Mitte sich ein schwarzes Loch befand. Wer einmal im Spirax-Nebel gefangen war, für den gab es kein Entkommen. Aber noch schlimmer als Stürme und Blitze war das galaktische Trommelfeuer. Es war lauter als jede Sternenexplosion. Seine Schallwellen vibrierten wie die Saiten einer interplanetaren Harfe. Flavex gab seinem Bruder Gravex ein letztes verzweifeltes Zeichen, die Geschwindigkeit auf siebenkommasiebenmegamultiperl, was der Lichtgeschwindigkeit entsprach, zu erhöhen. Er hoffte, so nach der nächsten Rotation im Spirax-Nebel heraus-katapultiert zu werden. Mit seinem zitternden Wurmarm, der jetzt wie eine Peitsche schnalzte, stellte Gravex die maximalste Stufe am Ionentriebwerk ein.

Durch die Megaperlfliehkräfte wurden die Muschelbrüder zusammengepresst. Ihre Muschelschalen drohten zu bersten. Rotella`s Hülle ächzte und knarzte. Mit einem Schweif, der dem eines Kometenhagels glich, raste Rotella durch die Umlaufbahn des Spirax-Nebels. Um nicht aus der Muschelgalaxie katapultiert zu werden, musste Gravex den genauen Zeitpunkt finden, um das G.A.S.T. - das Gamma-Alpha-Strahl-Triebwerk zu zünden. Gravex beugte sich mit letzter Kraft nach vorn, um den Countdown einzuleiten. Es gelang. Die Brüder vertrauten auf Rotella und ihrem Helix-Glück.

Durch die überdimensionalen Fliehkräfte, die jetzt im Spirax-Nebel herrschten, hatte er sich um ein halbes Quantenperl verschoben. Eine kleine rostrote Sichel verzagtes Licht des Linux-Vollmondes wurde sichtbar und erhellte die Muschel-planetengalaxie.

Genau zu diesem Zeitpunkt fuhr die Korallenschiffsflotte in den Helix-Fjord ein.

„Seht ihr das!", König Rhodina zeigte in den Himmel. Hauptmann Tellus schaute durch sein Refraktrascop.

„*Sootschii*, die Linuxintensität ist um ein Perl-Lux gestiegen. Damit sollten wir es durch den Fjord bis ins Helix-Gebirge schaffen, bevor der Sternenwasserozean zufriert."

Mit seinem makellosen Wurmarm kratzte sich König Rhodina an seiner rauhen Muschelstirn und nickte. Dann passierte etwas Unfassbares. Mit einem reißenden Donnerknall und zuckenden Gewitterblitzen flog ein kometenartiges Flugobjekt mit Sternschnuppengeschwindigkeit über den Fjord in die Gipfel des Helix-Gebirges. Genau dorthin, wo Helix, die schwarze Perlensonne lebt. Dem Flugobjekt folgte ein nebeliger Sturm, der die Korallenschiffe hin und her schleuderte. Bei einigen brachen die Masten und durchschlugen die Decks. Viele Muschelmatrosen fielen von Bord und gelangten zwischen die scharfkantigen Eisschollen. Zum Glück war neben einigen Wurmarm-quetschungen und Abschürfungen nichts Schlimmes passiert.

Auch das Stabkorallen-U-Boot Tegula war am Ende des Fjords angekommen. Es brach sich gerade durch eine Eisschicht aus Sternenwasser, als über ihnen ein Komet zu fliegen schien. Erschrocken blickte Alvania in letzter Perlsekunde durch ihr Korallenfernrohr dem Flugobjekt hinterher. Ihr war sofort klar, dass es kein Komet war was sie sah. Es war Rotella - der Muschelzeppelin, indem ihr Geliebter Flavex mit seinem Bruder Gravex ins Verderben rasten.

Von seiner hoch oben im Helix-Gebirge gelegenen Felsenburg beobachtete Gadus die Ankunft der Korallenschiffe. Auch Tegula mit seiner Besatzung entging ihm nicht.

„Ihr werdet mich auf meiner Reise in die Unendlichkeit begleiten. Die Muschelplanetengalaxie wird sich in einen gigantischen Eisplaneten, mit der gefrorenen schwarzen Perlensonne als Triebwerk, verwandeln. Sie wird mit ihrem tödlichen Schweif alles Leben im Universum in Sternenstaub vereisen!", schrie Gadus hinunter in den Helix-Fjord.

„Wir haben die Kontrolle über Rotella verloren. Wir müssen springen: Jetzt!", ruft Gravex seinem Bruder zu. Flavex erkannte die tödliche Gefahr, in der sie sich befanden. Sie rasten mit ihrem Muschelzeppelin direkt auf die Felsenburg des Zauberers zu.

„Aber wenn Rotella an der Felsenburg zerschellt und den Zauberer tötet, erfahren wir nie, wie er die Helix-Sonne verhext hat."

„Das müssen wir riskieren Flavex. Schnell, wir haben keine Zeit mehr. Einperl! Zweiperl! Dreiperl! Sprung!" Gravex drückte mit letzter Kraft auf den Auslöser für den Muschelschleudersitz. Blitzartig wurden die Brüder aus ihrem unkontrollierbaren Flugobjekt katapultiert.

Dann dauerte es nur wenige Perlsekunden, bis Rotella in einem riesigen Feuerball an der Felsenburg des Zauberers Gadus verglühte. Durch die ungeheure Hitze fingen die Muschelfallschirme, an denen die Brüder in den Fjord schwebten, Feuer. Flavex gab seinem Bruder das verabredete Zeichen, dann schnallten sie die Fallschirme ab und sprangen muschelmutig in den Fjord.

„Seht nur! Unsere schwarze Perlensonne öffnet ihre Schalen", riefen Alvania, die Königin und der König, Hauptmann Tellus mit einem freudigen „*Sootschü*" und die Muschelmatrosen im Chor. Dann fielen Flavex und Gravex vom Himmel.

„Sie war vereist", sagte Flavex nachdem er sich von seinem Sprung in den Fjord erholt hatte. „Mit einem unsichtbaren Minusperlgas hatte Gadus unsere Helix-Sonne vereist."

„Aber warum? Warum wollte er unsere schöne Galaxie zerstören?", fragte Alvania ihren mutigen Flavex.

„Das ist wie bei allen Zauberern und Möchtegernweltherrschern, die haben einen Riss im Muschelhirn; so weit sie überhaupt eines besitzen."

„*Sootschü*. Aber wie habt ihr es geschafft, das unsere Helix-Sonne endlich wieder scheint?"

„Ganz einfach, Hauptmann Tellus. Mein Bruder Gravex und ich haben unseren Muschelzeppelin direkt zur Felsenburg des Zauberers navigiert, damit er dort zerschellt. Nach meinen Berechnungen würde die Hitze des Feuerballs ausreichen, um das eisige Perlgas zu verdampfen", verkündet Flavex stolz. Alle sahen nach oben in die Strahlen der schwarzen Perlensonne.

„Aber wir hatten doch die Kontrolle über Rotella verloren", flüsterte Gravex seinem Bruder zu.

„Pst! Das muss ja keiner wissen."

Hauptmann Tellus streckte seine Korallenlanze triumphierend in die Höhe und rief: „*Sootschü!* Wir haben den Zauberer Gadus besiegt. Ein Dreihochdreiperlhoch auf Flavex und Gravex!".

Dann sangen alle die Helix-Hymne.

Alvania sah ihren Geliebten mit leuchtenden Augen an und fragte: „Willst du mein Muschelprinz werden, Flavex?" Schlängelnd berührte Flavex zärtlich Alvania`s Wurmarm und konnte dabei sein Muschelglück kaum fassen. Dann sah er noch einmal hinauf zur Helix-Sonne.

„Aber zuvor muss ich noch wissen, ob Gadus tatsächlich durch den Feuerball ums Leben gekommen ist."

„Du meinst, er könnte die Explosion überlebt haben?"

„Er ist ein Zauberer, Alvania!"

Lockbold und Klaubold in Troll-Vegas

H och oben im Norden, im Land der Mitternachtssonne, leben zwei Brüder. Ihre Gestalt gleicht denen von Zwergen und ihre äußere Erscheinung würde man in unseren Breiten verlumpten Bettlern zuordnen. Ihr Charakter aber ist böse, unanständig, hinterlistig, lasterhaft - kurz gesagt, die beiden sind Kobolde der übelsten Art.

Lockbold und Klaubold, so heißen die zwei Brüder, wohnen in einer Erdhöhle über dem Geirangerfjord. In unmittelbarer Nähe befinden sich die Wasserfälle: „Die sieben Schwestern".
Diese werden von den Touristen der Hurtigruten-Schiffe regelmäßig besucht.

So war es auch am heutigen Tag:

„Hurta, Hurti - Hurti, Hurta
das Hurtigrutenschiff ist wieder da.
Gute, gute Hurtigruten,
kommt alle herauf und ihr werdet bluten",
singt Lockbold und tanzt dazu im Kreise wie ein Rumpelstilzchen im Vollrausch.

"Lockbold, halte deine Keule bereit, die ersten Leute sind schon von Bord gegangen", sagt Klaubold und schaut dabei von einem Felsvorsprung hinunter in den Fjord.

Auf der anderen Seite des Fjords lebt die Zauberfee Selma-Ina. Unruhig betrachtet sie durch ihr Feenglas, was die Kobolde im

Schilde führen. Selma-Ina ist eine Zauber-Wolkenfee. Mal streckt sie sich ganz flach wie ein himmlisches Wolkenbett über dem Felsen lang. Ein anderes Mal bauscht sie sich wie ein Federkissen aus tausenden Baumwollnestern zusammen.

Sie schwebt schon eintausend Jahre über die Erde und hier am Geirangerfjord, dem schönsten Fjord Norwegens, verweilt sie seit dem Frühjahr dieses Jahres.

Jetzt ist es Anfang Mai. Selma-Ina wurde von ihrer Herrscherin, der Wolkenkönigin Cloudine, dazu beauftragt, den Fjord und ihre Bewohner zu beschützen und vor Unheil, wie es Lockbold und Klaubold seit einigen Wochen verbreiten, zu bewahren. Die Wolkenfee ist den beiden Kobolden zwar körperlich unterlegen, denn sie besteht nur aus einem feinen Wassertröpfchen-Nebelkleid. Auf ihrer Stirn aber funkelt, wie bei jeder Wolkenfee, ein magischer Eiskristall. Mit diesem Kristall kann sie einen unsichtbaren Feenlichtstrahl aussenden, um zu heilen oder Nachrichten zu senden. Schon manchem abgestürzten Adlerküken, verletzten Kaninchen und ausgeraubtem Opfer der Koboldbrüder hat sie mit ihrem Heilstrahl geholfen.

Die Koboldhöhle ist klein, riecht muffig und ist stockdunkel. Darin befinden sich die zwei kleinen Moosbetten der Kobolde, zwei wacklige Hocker mit einem Tisch und ein Kamin, dessen Abzug durch eine hohle Tanne oberhalb der Erdhöhle führt. Vor der Höhle wuchert ein großer Holunderbusch, sodass man den dunklen Höhleneingang nicht gleich sieht. Trotzdem gelingt es Lockbold immer wieder, ahnungslose Touristen hinein zu locken.

„Sieh nur Clarissa, war das nicht eben ein Troll oder ein Kobold, der dort hinter dem Holunderbusch hervorgeschaut und gekichert hat?", fragt ein hageres Männlein in kurzen Hosen, Sandalen, weißen Socken und krummen Vogelspinnenbeinen sein Weibchen in einer für Lockbold fremden Sprache und schreitet in gebückter Haltung dem Höhleneingang entgegen.
„Sei vorsichtig Berti, Kobolde können gefährlich sein, habe ich neulich in einem Reisemagazin gelesen" erwidert Clarissa, aber Berthold ist bereits hinter dem Holunderbusch verschwunden.
„Hurta, Hurti, Hurti - Hau zu!", singt Lockbold und Klaubold schlägt mit seiner Keule, die er aus dem Unterschenkelknochen

eines Elches geschnitzt hatte, auf den Kopf von Berthold ein. Der bricht bereits nach dem ersten Schlag bewusstlos in der Höhle zusammen. Lockbold öffnet die Bauchtasche des Bewusstlosen, stiehlt sein gesamtes Geld und Gut und verschwindet mit seinem Bruder durch den Kaminabzugsschacht unerkannt ins Freie.

Vor der Höhle ruft Clarissa vergeblich nach ihrem Berti. Doch die Wolkenfee Selma-Ina hat, Cloudine-sei-Dank, beobachtet, was gerade mit Berthold passiert war. Sie aktiviert ihren Feenlichtstrahl und schickt ihn durch den Holunderbusch ins Innere der Koboldhöhle. Dort trifft er regentröpfchengenau auf die Stelle an Bertholds Kopf, den Klaubold mit seiner Elchkeule getroffen hatte. Es dauert keine Minute und Berthold ist wieder bei Bewusstsein. Er rappelt sich hoch, steht auf und wankt durch den Höhleneingang am Holunderbusch wieder ins Freie hinaus. Dort hört er, wie Clarissa mit verzweifelter Stimme um Hilfe schreit.

„Schatz, hier bin ich!", ruft er seiner Frau entgegen und fasst sich an seinen Kopf, der ihn noch schmerzt.

„Berti, mein lieber, da bist du ja", jubelt Clarissa, eilt ihm entgegen und erblickt die gähnende Leere in der offenen Bauchtasche.

„Aber Berthold, wo ist unser Geld?"

Währenddessen haben die Koboldbrüderdas „Troll-Vegas", die in einem geheimen Seitental des Fjords gelegene Lasterhöhle für Trolle und Kobolde, mitsamt ihrer Beute im Gepäck erreicht. Brüderlich teilen sie das Geld und gehen jeder für sich ihrem Laster nach: Lockbold zieht es wie immer ins „Wirtshaus zum Alkotroll", wo er sich maßlos mit Trollinger betrinkt. Klaubold verspielt seinen Teil der Beute im Trollcasino beim Trollett.

Als am nächsten Morgen alles Geld verspielt und verzecht ist, kehren die Koboldbrüder betrunken und erschöpft in ihre Höhle zurück.

Zwei Tage später kommt ein neues Schiff am Fjord an. Doch dieses Mal verirrt sich kein Tourist an den Wasserfällen. Auch nach weiteren drei Schiffen lässt sich kein Mensch vor der

Koboldhöhle sehen. Die Kobolde sind am Verzweifeln. Am sechsten Tag hört Lockbold endlich Schritte.
„Klaubold, versteck dich und halt deine Keule bereit!"

Vor vielen Jahren konnten sich beide noch unsichtbar machen, aber Klaubold hatte seine Unsichtbarkeitsformel beim Trollet verspielt. Lockbold gelingt es zwar noch, sich ein klein wenig unsichtbar zu machen, durch den übermäßigen Alkoholgenuss versagen die Unsichtbarkeitssynapsen in seinem Koboldgehirn jedoch immer mehr.
„Boldrimette, Boldrimyrre, zwölf Wochen ist ein Koboldjahr, dreimal drehen im Kobold-Kreis und Lockbold ist wieder unsichtbar!"

Die Wolkenfee sieht, wie sich jemand der Höhle der beiden Trollbrüder nähert. Sie blickt durch ihr Feenglas und erschrickt. Dieses Wesen war kein Mensch, sondern ein isländischer *Riesenzwork*. Die kannte sie, da Selma-Ina vor einigen Jahren ein Tal unter dem Eyjafjallajökull-Vulkan auf Island bewacht hatte, bis dieser ausbrach. Gerade noch rechtzeitig hatte sie vor der heißen Aschewolke fliehen können. Einige ihrer Wolkenfeefreundinnen waren für immer verdampft.

Riesenzworke, so weiß sie, sind friedliche Wesen, etwa doppelt so groß wie Kobolde und in einer dunklen Koboldhöhle kann man sie durchaus mit einem Menschen verwechseln.
Die Wolkenfee fürchtet um sein Leben und schickt ihren Feenlichtstrahl in die Koboldhöhle. Aber diesmal ist es bereits zu spät. Sie hört noch ein letztes verzweifeltes Röcheln, das wie ein eisiger Schneeregen klingt, dann ist der *Riesenzwork* tot. Ihr Feenlichtstrahl ertastet sieben blutige Wunden. Die Kobolde müssen also siebenmal auf den Kopf des armen *Zworken* eingeschlagen haben. Selma-Inas Feenlichtstrahl zittert. In ihrer Verzweiflung sendet sie umgehend eine Feenlichtnachricht an den *Zworkenkönig* in Island.

Am nächsten Morgen kommen die Koboldbrüder erschöpft und trunken nach Hause. Ihre letzte Stunde haben sie noch im Trollbordell bei der trolligen Trollinde verbracht und die gesamten isländischen Kronen des getöteten *Zworken* verjubelt.

Doch das sollte ihr letzter Ausflug nach „Troll-Vegas" gewesen sein, denn vor ihrer Kobold-Mörder-Höhle wartet bereits **NoKZWoK** auf sie: der *Zworkenkönig* aus Island.

Die Wolkenfee sieht, wie er die Mörderkobolde an ihren langen triefenden Nasen packt und sie mit Raketengeschwindigkeit in den Himmel katapultiert. Es blitzt, donnert und kracht als ob ein Vulkan ausbricht. Danach verabschiedet sich **NoKZWoK** von der Wolkenfee, holt den getöteten *Zwork* aus der Mörder-Kobold-Höhle und fährt mit ihm auf seinem *Zwork*-Mobil zurück nach Island.

Es dauerte drei lange Tage, dann endlich stürzten Lockbold, als lebloser Steinhaufen und Klaubold, als knochiger Baumstumpf wieder vom Himmel herab. Sie landeten direkt vor ihrer Höhle. Und dort stehen die lasterhaften Kobolde noch heute, als Steinbold und Baumbold.

Eine Luke in die Unterwelt

Wo bleibt Alberich nur?", denkt Wilhelmine laut und legt den Kunststoffsäbel zusammen mit dem Totenkopf-Dreispitz-Piratenhut in ihre Sporttasche. „Ich werde das sexy Piratenbrautkostüm mit den weißen Großlochnetzstrümpfen und den roten Lackstiefeln anbehalten, dann brauche ich mich im *Kikeriki-Theater* nicht noch einmal umzuziehen." Das *Kikeriki*, die traditionelle Kleinkunstbühne in Darmstadt, veranstaltet heute den lyrischen *Fluch-der-Karibik-Abend*. Wilhelmine wird als Schmonzetten singende Piratenbraut Esmeralda und ihr Vampirfreund Alberich als Teufelsgeiger Long John Silver auftreten.

Es ist nach 18 Uhr, dunkel wie in Draculas Gruft, und es regnet in Strömen. Mit einem Lächeln auf ihrem Käthe-Kruse-Puppengesicht geht Wilhelmine ins Schlafzimmer. Als sie ihren wohlgeformten Vollweibkörper in ihrem Ganzkörperspiegel kritisch betrachtet, klopft es an der Eingangstür ihrer Altbauwohnung am Darmstädter Luisenplatz. Diese befindet sich gegenüber des „Langen Lui", wie das Ludwigsmonument von den Darmstädtern liebevoll genannt wird.

„Alberich, bist du es? Das wird aber auch Zeit. Nun komm schon herein, es ist offen!" Es klopft erneut. „Nun mach keinen Quatsch. Wir müssen gleich los, sonst fängt der Lyrik-Abend ohne uns an!" Es klopft abermals und dieses Mal lauter und bedrohlicher. Wilhelmine Jaegle, die Untote - heimliche Verlobte des deutschen Dichters Georg Büchner -, erschrickt. Immer, so auch in diesem Augenblick, wenn sich die Vampirin Wilhelmine bedroht fühlt, leckt sie mit der Zungenspitze über ihre messerscharfen Schneidezähne. Ihre spitzen Eckzähne treten wie Enterhaken aus dem Zahnfleisch hervor. Dann schürzt sie ihre Lippen, wie die Lefzen eines Rottweilers beim Anblick des Briefträgers nach oben und schaut bissbereit zur Eingangstür. Mit einem lauten Knall springt diese urplötzlich auf und Alberich, der Allererste, Mainzer Fastnachtsprinz von 1899, fliegt in Fledermausgestalt herein.

„Bei allen transilvanischen Vampirgöttern, du hast mich vielleicht erschreckt!"

„Brrr, ist das ein blutleeres Wetter", antwortet Alberich, nachdem er sich wieder in seine schmächtige Karl-Lagerfeld-Vampirgestalt verwandelt hatte. „Ich habe mir bestimmt einen Schnupfen geholt."

„Ach, mein liebes, kleines Blutegelchen", entgegnet Wilhelmine, „nun mach hier keinen auf sensiblen Dracula. Du hast dir in den letzten einhundert Jahren keinen Schnupfen geholt, höchstens einmal einen Bluterguss, hihihi", und gibt ihm einen Klaps auf seinen knackigen Vampirpo.

„Apropos Bluterguss, mein süßes, rotes Blutkörperchen, bist du mit der Übersetzung dieses merkwürdigen Buches, das ich dir letzte Woche aus meiner Gruft unter dem Mainzer Dom mitgebracht habe vorangekommen, fragt er und hustet übertrieben.

„Ja Alberich. Der Text wurde in Lateinisch geschrieben. Der Titel lautet:

‚IN LUBRICATING OLEUM IMMORTUI'. Es bedeutet in etwa „Das Schmieröl der Untoten". Ist das nicht großartig Alberich.

„Untotes Schmieröl – igittigitt!"

Der Einband des Buches ist aus rubinrotem Leder, das sich wie ein abgefahrener Winterreifen anfühlt. An den Rändern ist der Einband gekordelt. Die schmale, vergoldete Kordel ist an der rechten unteren Ecke des Buchdeckels gerissen. Die festen Seiten des Buches bestehen aus marmoriertem Papier, das keinerlei Beschädigungen aufweist. Klappt man das Buch auf, verströmt es einen aromatischen Duft.

„Das Buch enthält mehrere Gedichte und Balladen. Das erste Gedicht habe ich bereits übersetzt. Pass auf!" Wilhelmine stellt sich wie die Kanzlerin beim Verlesen der Regierungserklärung vor ihr Vampirprinzchen und sagt das Gedicht in einem singenden Ton auf:

Das Schmieröl der Untoten

Ein jeder weiß im Weltenall
uns schmeckt nun mal nur Blut.
Vampire, wir sind überall
dieses Schmieröl tut uns gut.

Und den wir mal gebissen haben
das ist doch klarer Fall
der wird sich auch am Blute laben
Vampire, wir sind überall.

Ist eine Quelle ausgesaugt
und das Menschlein blass und tot
dann zapfen wir das nächste an
dieses Schmieröl schmeckt so gut.

Wenn alle Menschen Vampire sind
ziehen wir hinaus ins All.
Die Milchstraße wird zum Blutboulevard
Vampire, wir sind überall.

„Nicht schlecht", sagt Alberich, „hätte fast von deinem heimlichen Verlobten, dem berühmten Schriftsteller Georg, sein können. Aber Milch vertrage ich überhaupt nicht." Er nimmt die völlig durchnässte, blauweiße Narrenkappe ab. Seine hellblonden, dünnen Haare sind zu einem Pferdeschwanz gebunden.

„Ja ich weiß Alberich. Gut, dass du das sagst. Hast du schon einmal den Namen ‚FARG ALUCARD' gehört?"

„Wer soll das sein?"

„Vermutlich der Verfasser dieser Verse. Denn dieser Name oder dieses Pseudonym steht auf der ersten Seite unter dem Titel."

„Nie gehört."

„Das Buch stammt eventuell aus dem Mittelalter. Riech einmal daran!" Wilhelmine klappt das rubinrote Buch mit den Goldverzierungen auf und hält es Alberich unter die Nase.

„Es riecht angenehm anrüchig."

„Das ist der Geruch der Schreibtinte."

„Die Tinte ist anrüchig?"

„Quatsch, Alberich. Sie riecht aromatisch herb. Die Schreibtinte wurde mit dem Pflanzensaft des Wermutkrautes vermischt. Der bittere Geschmack des Wermuts sollte im Mittelalter die wertvollen handgeschriebenen Bücher vor dem Verbiss der Mäuse bewahren."

„Deshalb ist das Buch so gut erhalten", staunt Alberich.

„Gibt es eigentlich noch mehr dieser Art Bücher unter deiner Gruft im Meenzer Dom?"

„Jede Menge."

„Dann bring bitte beim nächsten Mal ein paar mit."

Erst jetzt erkennt Wilhelmine den leuchtenden, faustgroßen Blutfleck auf seinem Rüschenhemd.

„Alberich, du hast doch nicht etwa…?", fragt sie mit dem vorwurfsvollen Ton einer Gouvernante und stemmt dabei ihre fleischigen Hände in ihre schwülstigen Hüften. Wilhelmine sieht die ramponierte Stirn mit der aufgeplatzten Augenbraue.

„Moomendemal, erst muss ich bei diesem Kackwetter als hässliche Fledermaus zu dir nach Darmstadt fliegen, dann schlag ich mir an deiner Eischedier meine Fledermausrübe ein und dann behauptest du …"

„Ist ja gut mein armes ramponiertes Blutwürstchen. Aber die Fledermausverwandlungskünste gehen allein auf deine Narrenkappe. Du weißt, Alberich, dass dich seit zehn Jahren die Polizei steckbrieflich sucht."

„Ja, aber ich …"

„Alberich, hör auf mit dem Gebabble. Warum musstest du auch jedesmal zur Fastnacht einen der Meenzer Hofsänger bis auf den letzten Blutstropfen aussaugen. Wie oft habe ich dir gesagt, dass die Hofsänger in Meenz heilige Männer sind, heiliger als der Papst."

„Ich habe aber immer nur denjenigen gebissen, der am schlechtesten gesungen hat. Außerdem bin ich - oder war ich einmal ein richtiger Vampir, mein Helmsche."

„Ich weiß ja, dass du dem roten Menschensaft abgeschworen hast und nur noch Äppelwoi trinkst. Warte, ich hole dir ein Bembelsche."

„Papperlapapp. Ich habe Kopfschmerzen", antwortet Alberich und betrachtet sich in Wilhelmines Möchtegern-Schneewittchenspiegel. „Ich sehe ja wie Fletscher Christian nach der Meuterei auf der Bounty aus."

„Dann gibt es heute eben ein Aspirin statt Äppelwoi." Wilhelmine reicht ihrem Vampirprinz ein Wasserglas und die Tablette und tupft vorsichtig seine Wunde ab. „Die Leute im *Kikeriki* werden deine Schrammen und den Blutfleck für perfekte Theaterschminke halten."

„Ach Helmsche, das Wetter und die ewige Dunkelheit drücken auf meine Blutnerven. Wie gern würde ich wieder einmal die Sonne sehen. Als ich noch kein Vampir war, also noch bevor du mich im Meenzer Kurfürstlichen Schloss nach der Prunksitzung gebissen hattest …"

„Was heißt hier gebissen, mein Prinz Blüterich. Ich habe an deiner Halsschlagader gelutscht, so rattig hattest du mich damals gemacht", entgegnet Wilhelmine, während ihr ein rotschwarzer Blutstropfen aus dem linken Mundwinkel rinnt. Mit einer Umarmung - gleich der eines Orang-Utans - drückt sie den um einen Kopf kleineren Alberich in ihren vollen Busen. Ein erdiger Geruch wie nach einem Gewitter steigt in Prinz Alberichs Nase. Gerade noch rechtzeitig kann er sich aus dem Schwitzkasten befreien.

„Komm Helmsche, wir müssen jetzt los. Wir turteln nach der Vorstellung genau an dieser Stelle weiter. Versprochen, du gieriges Blutpröpfchen. Hoffentlich sind heute ein paar Menschennasen im *Kikeriki*, sonst sehe ich schwarz - ich meine natürlich rot - für unsere Künstlerlaufbahn." Alberich tupft mit seinem Spitzentaschentuch den Blutstropfen aus Wilhelmines Mundwinkel ab und leckt heimlich daran.

Nachdem beide vom „Fluch-der-Karibik-Abend" wieder in ihrer Wohnung angekommen sind, ruft Wilhelmine aus dem Schlafzimmer: „Hoffentlich kriegen wir keinen Ärger", und entledigt sich ihres Piratenbrautkostüms.

„Das hat sich der uffgeblasene Lumbeseckel vom *Kikeriki* selbst zuzuschreiben, uns einfach mir nichts dir nichts zu kündigen, nur weil heute bloß eine Hand voll Gaffer diese blutlose Piratenfuzzishow sehen wollten. Ich hatte sowieso keine Lust mehr darauf."

„Der Lumbeseckel war immerhin der Geschäftsführer. Kannst du mir endlich aus meinen Lackstiefeln heraushelfen?"

Als Alberich das Schlafzimmer betritt, sitzt Wilhelmine nur mit Büstenhalter, Miederhöschen und roten Lackstiefeln bekleidet auf ihrem Bett.

„Also, wegen mir kannst du die roten Stiefelchen ruhig anbehalten, meine Blutgöttin!"

„Ein andermal, du Lustprinzchen. Komm zieh schon." Sie reckt ihm ihre prallen Schenkel wie die Kanonenrohre der Prinzengarde beim Rosenmontagsumzug entgegen.

„Wie bist du da nur hineingekommen?" Alberich packt den ersten Stiefel mit beiden Händen, bläst die Backen auf und zieht.

„Erzähl mir lieber, wie wir aus dieser heiklen Sache im *Kikeriki* herauskommen wollen." Dann gibt der Stiefel nach und Alberich fliegt rücklings gegen den Schrank.

„Okay, ich hätte den „Kikeriki-Heini" nicht beißen und aussaugen sollen. Sein Schmieröl hat übrigens grässlich geschmeckt. Er hatte vermutlich Blutgruppe XY ungelöst. Einen Liter habe ich ihm noch gelassen. Wenn er Glück hat, überlebt er es. Außerdem, wer weiß außer uns, dass wir Vampire sind?" Dann rutscht der zweite Lackstiefel über das Kanonenrohr.

„Ich hoffe, das mit dem „Kikeriki-Heini" war eine Ausnahme, Alberich. Ab sofort gibt es nur noch Äppelwoi. Verstanden?"

„Gute Idee!" antwortet er und geht in die Küche.

Es ist bereits nach Mitternacht. Wilhelmine setzt sich unterdessen an ihren Schreibtisch, klappt den Laptop auf und liest die aktuellen Live-Ticker-Nachrichten. Alberich trinkt das Bembelsche in einem Zug aus, rülpst wie ein Mainzer Hofsänger am Aschermittwoch und kommt zurück ins Wohnzimmer. „Du siehst ja blasser als Draculas Urgroßmutter aus. Was ist denn passiert, Wilhelmine?"

„Lies selbst!" Alberich kann nicht glauben, was im Live-Ticker der *Mainzer-Rhein-Zeitung* steht.

Eine Luke in die Unterwelt

Beim heutigen Mitternachtsläuten im Mainzer Dom brach von der freischwingenden Martinus-Glocke, dem „Bemberle" der Klöppel ab.
Das gusseiserne Ungetüm, das einst aus dem Eisen, der durch Napoleon, erbeuteten preußischen Kanonen gegossen wurde, durchschlug den Glockenstuhl und traf mit der Wucht eines Zementgüterzuges auf den Domfußboden auf. Dabei riss er einen Krater und blieb erst in der unterirdischen Nassauer Kapelle in einem steinernen Sarg stecken.
Der Sarg war mit weißem Damast ausgelegt. Man konnte noch deutlich die Druckstellen in dem Stoff erkennen, die eine Person dort hinterlassen hat. Der abgebrochene Klöppel hatte sich genau in der Höhe des Herzens dieser fraglichen Person in den Sarg gebohrt und ragt wie der Mörser eines Riesen daraus empor.
Die Nadeln der im Mainzer Dom stationierten Seismographen der Erdbeben-Messstation schlagen noch immer aus. ...

„Nimm es nicht so schwer, Alberich!", versucht Wilhelmine das kleine Mainzer Fastnacht-Vampir-Prinzchen zu trösten. „Lies weiter!"

Womöglich, so vermuten Profiler des Hessischen Landeskriminalamtes, hatte hier der seit zehn Jahren gesuchte Vampir seinen Unterschlupf gehabt. Leider ist er noch vor dem Klöppeleinschlag entkommen.
Die Polizei bittet alle Mainzer bei der Suche nach diesem Untoten um Mithilfe. Es wird dringend davon abgeraten, sich von fremden Personen mit einem ausgeprägten Gebiss ansprechen zu lassen.
Morgen früh um 11 Uhr findet im Mainzer Rathaus eine Pressekonferenz statt.

Über seine blutleeren Wangen kullern dicke Tränen.

„Was machen wir denn jetzt, Wilhelmine?", schluchzt Prinz Alberich der Allererste, der sich jetzt wie der Allerletzte fühlt. „Der Job ist futsch. Mein Sarg wurde zerklöppelt, und nun?"

„Du bleibst vorübergehend bei mir in Darmstadt!"

„Für immer in Darmstadt? Das kannst du von mir nicht verlangen, ich bin doch ein rechtsrheinischer Meenzer Bube! Darmstadt - wie das schon klingt. Dieser Name ist ja noch schlimmer als Pforzheim oder Schweinfurt oder gar Egelsbach. Schon wenn ich dieses Wort höre, kringeln sich meine Eingeweiden zu einer transsilvanischen Bratwurstschnecke zu sammen."

„Ich habe ja nur gesagt: Vorübergehend! Was jedoch unsere Künstlerkarriere angeht, da habe ich eine großartige Idee. Außerdem weiß ich jetzt auch, wer der geniale Poet dieser Verse ist, Alberich." Sie hält ihm das kostbare Buch verkehrt herum unter die Nase und schlägt die erste Seite auf. Lies, Alberich! Lies den Namen rückwärts!"

„G-R-A-F-Graf."
„Gut, und weiter."
„D-R-A-C-U-L-A"

„Und was sagt dir das, mein kleines Vampirprinzchen?"
„Wie kommt ein Buch unseres großen Vorfahren in den Katholischen Meenzer Dom?"
„Vielleicht war Meenz früher die transilvanische Hauptstadt von Hessen und auf dem Meenzer Lerchenberg, auf dem sich heute das Sendezentrum vom Zweiten Deutschen Fernsehen befindet, stand einmal eine Vampir-Burg."
„Du meinst, die Leute vom ZDF sind alle Vampire?"
„Alle vielleicht nicht, aber der eine oder die andere fallen mir da schon ein. Hast du einmal beobachtet, wie die blonde Gundula den Klaus vom *Heute Journal* anlächelt?"

„Und welche Idee ist dir zu unserer Künstlerkarriere eingefallen, mein Schnuckelsche?", fragt Alberich ungläubig und starrt auf Wilhemines sich ihm nähernden Busen.
„Du bist ein guter Geigenspieler und ich kann passabel singen. Wir werden aus den Gedichten vom ‚Schmieröl der Untoten' einen Vampir-Lyrik-Abend gestalten und gehen damit auf große Welttournee", antwortet sie und summt eine Melodie.

„Ja aber, ich glaube, du brauchst jetzt auch einen Äppelwoi."
Wilhelmines Busen ist jetzt nur noch eine Nasenlänge von ihm
entfernt.

„Ich habe bereits mit der Übersetzung des zweiten Gedichtes
begonnen. Wir werden mit unserer Show reich und berühmt,
Alberich. Der Titel des zweiten Gedichtes lautet übrigens ‚Die
Rituale der Blutegel'.

Nach einer kurzen Pause fängt Alberich an zu jubeln. Wie ein
wild gewordener Plakatankleber tanzt er um Wilhelmines runde
Litfasssäulengestalt.

„Du bist großartig, mein Helmsche!" und versinkt in ihrem
Karpatengebirgsbusen.

Louisa und der Professor

Es klingelt. Louisa öffnet dem Briefträger eilig die Haustür. Es ist Samstagmorgen. Seit zwei Stunden scheint die warme Frühlingssonne in die Wohnung des Professor Justus im Altstadtviertel von Heidelberg.

„Ein Päckchen für den Professor" begrüßt der lustige Postbote die achtjährige Louisa. Plötzlich fängt Luisa an zu schluchzen.

„Mein Opa ist sehr krank, er hat ganz toll Ziegenpeter mit Windpocken."

„Mit Windpocken?" wiederholt der Postbote.

„Ja", Louisa schnäuzt in ihr Taschentuch, „und die ansteckende Masersucht hat er auch noch." Entsetzt weicht der Postbote einen Schritt zurück. „Wenn ich ihm nicht gleich das Päckchen mit den Zäpfchen bringe, wird er bestimmt bald sterben", drängelt Louisa den nicht mehr so lustig dreinblickenden Postboten.

„Du musst hier aber unterschreiben! Kannst du überhaupt schon schreiben?" Der Postbote reicht dem hübschen Mädchen mit ihren lockigen schwarzen Haaren und dem pinkfarbenen Kleid das elektronische Gerät.

„Null Problemo", antwortet Louisa und schreibt in Schönschrift: *Louisa* auf das Display.

Schließlich vertraut er ihr das Päckchen an.

„Wer ist das denn?" ruft der Professor aus seinem Studierzimmer.

„Ach, nur so ein Spargelvertreter", antwortet Louisa und läuft kichernd in ihr Zimmer. Schade, denkt Professor Justus. Auf den ersten Spargel in diesem Jahr hätte er jetzt Appetit. Doch wer zum Teufel verkauft Ende März schon Spargel? Seltsam!

Seit Wochen arbeitet Professor Justus Siebich an seiner neuesten Erfindung, dem ‚*Siebich-Motor*'. Dieses Mal, so hofft er, wird er den Physik-Nobelpreis für diese geniale Erfindung erhalten. Seit vielen Jahren tüftelt er nun schon auf sein Lebensziel hinaus. Doch bisher war er immer nur zweiter Sieger gewesen. Jedes Mal, wenn er seine vorausgegangenen Erfindungen beim Nobelpreiskomitee eingereicht hatte, waren andere schneller gewesen.

„Putzig", denkt der Professor laut „wieso ist es plötzlich so still in der Wohnung?"

Seit seine Tochter Ingrid mit ihrem neuen Freund beim Filmfestival in Monaco ist, also seit drei Tagen schon, hält ihre Tochter Louisa ihn ganz schön auf Trapp. Eigentlich ist er ganz froh, dass es einmal ruhig ist, und er an seiner Erfindung arbeiten kann.

„Louisa! Hallo! Bist du noch da?", ruft der Professor in Richtung des notdürftig eingerichteten Kinderzimmers, das bisher sein Schlafzimmer war. Keine Antwort. Der Professor legt den Feinmechaniker-Schraubendreher zur Seite, nimmt seine Schaumtabakspfeife in den Mund und zündet sie zum dritten Mal an diesem Morgen an. Danach versucht er ein wenig Ordnung in seine nach allen Seiten stehenden Haare zu bringen und öffnet die Tür zu Louisa's Zimmer. Louisa pustet gerade in einen roten Luftballon. Auf ihrem Bett liegt ein Päckchen. Er nimmt das Paket in die Hand und sagt verdutzt:

„Da steht ja mein Name drauf! Ich kann mich gar nicht erinnern, etwas bestellt zu haben."

„Weißt du nicht mehr Opa, neulich, als wir im Schwimmbad waren."

„Im Schwimmbad? Da wäre ich fast ertrunken, weil du mich so oft ins Wasser geschubst hast."

„Na ja, eigentlich war es als wir wieder zu Hause waren."

„Zu Hause? Da war es fast zehn Uhr abends. Der Bademeister musste uns hinauswerfen, weil du nicht aus dem Wasser wolltest."

„Dann war es vielleicht, als wir anschließend noch gemütlich zusammensaßen, Opa."

„Vor Erschöpfung bin ich doch gleich im Sessel eingeschlafen und mitten in der Nacht aufgewacht, weil mein Magen so laut geknurrt hat."

„Ich habe dich aber noch leise gefragt, ob ich die Kondome mit Erdbeergeschmack beim Tele-Shop bestellen darf, Opa."

„Und was habe ich darauf geantwortet?"

„Mrrh, Mrrh, Mrrh."

Ein Brief an Jules Verne

Lieber Jules Verne,

ich heiße Felix, bin schon fast neun Jahre alt und wohne zusammen mit meiner Mutter in Deutschland. Leider ist Mutti sehr krank und kann nicht arbeiten. Deshalb haben wir auch nur wenig Geld und müssen sparen. Mein Vater ist bei einem Autounfall ums Leben gekommen, da war ich erst drei Jahre alt. Seitdem weint Mutti immer viel. Das Geld für uns bekommt sie von einem Herrn Hartz, dem Vierten. Das habe ich einmal auf so einem Kontozettel gelesen.
Aber dieser vierte Hartz hat bestimmt kein Herz, denn das Geld reicht nicht hinten und schon gar nicht vorn. Ich sage ihr immer, wenn ich erst einmal groß bin und arbeiten kann, dann braucht sie sich keine Sorgen mehr zu machen. Nach der Schule verteile ich die Supermarktprospekte an die Leute in unserer Straße. So braucht Mutti mir kein Taschengeld mehr zu geben, und ich verdiene schon etwas für uns beide dazu. Am liebsten aber gehe ich nach der Schule in die Stadtbibliothek und leihe mir deine Bücher aus. Ich habe auch bereits drei Lieblingsbücher.

Nachdem ich „Die Reise zum Mittelpunkt der Erde" gelesen hatte, wollte ich unbedingt Höhlenforscher werden. Von deinem Buch „20.000 Meilen unter dem Meer" war ich so begeistert, dass ich auf jeden Fall Meeresforscher oder U-Boot-Kapitän, wie Kapitän Nemo, werden wollte. Als ich aber dein Buch „Von der Erde zum Mond" las, war mir klar, ich muss unbedingt Astronaut werden. Aber Mutti sagt, das wäre alles viel zu gefährlich, und dann hätte sie jeden Tag Angst um mich.
Du hast doch die Abenteuer bestimmt alle selbst erlebt, kannst du mir nicht einen Tipp geben, welchen Beruf ich später einmal erlernen soll?
Leider weiß ich nicht genau, wo du in Frankreich wohnst. Deshalb schreibe ich auf den Briefumschlag:

Jules Verne
Schriftsteller
Paris - Frankreich

Aber der Briefträger wird sicher deine Adresse kennen.

Da fällt mir noch ein, was ich dich unbedingt noch fragen wollte. Du hast ja nicht nur die Abenteuer alle selbst erlebt, sondern auch die Geräte und Maschinen selbst erfunden und gebaut. Vielleicht kannst du auch eine Medizin erfinden, die Mutti wieder gesund macht.

So, ich muss jetzt Schluss machen. Mutti hat gerufen, es gibt gleich Abendbrot. Danach lese ich noch zwei Kapitel aus „Die Kinder des Kapitän Grant". Hast du eigentlich auch Kinder? Wäre schön, einmal von dir zu hören.

Viele Grüße von Felix.

PS: Ist Französisch eigentlich schwer zu lernen?

Antwortbrief der Französischen Jules-Verne Gesellschaft

Paris, den 6. Januar

Bonjour Felix,

wir haben deinen Brief an den Schriftsteller Jules Verne erhalten.

Leider müssen wir dir mitteilen, dass er bereits im Jahre 1905 verstorben ist. Wir sind uns aber sicher, dass er sich sehr über deinen Brief gefreut hätte.

Deshalb laden wir dich und deine Mutter zu einem zweiwöchigen Aufenthalt in die Geburtsstadt von Jules Verne, nach Nantes ein. Dort gibt es das Jules-Verne-Museum mit vielen tollen Büchern, Bildern und Gegenständen aus der Zeit, als er noch gelebt hat.

Deine Mutter kann sich währenddessen in der Jules-Verne-Clinique gründlich untersuchen lassen. Anschließend könnt ihr euch beide noch am nahegelegenen Atlantik einmal ausgiebig erholen. Eine Gesamtausgabe aller Bücher von Jules Verne wartet in Nantes auf dich.

Au revoir et bonvacances

Gezeichnet Jean-Michel-Verne
Ururenkel von Jules Verne

PS: Französisch ist die tollste Sprache der Welt. Lerne sie, du wirst begeistert sein.

Briefgedicht

Lieber Freund und lieber Leser,
der du diesen Brief jetzt liest,
war es denn nicht früher schöner,
als man sich noch Briefe schrieb?

Einen aus Liebe, einen aus Kummer,
und einer kam vom Onkel Fritz.
Darin standen Dankesworte
für den neuen Fahrradsitz.

Heimlich lasen wir Briefe von Mutter,
die sie damals Vater schrieb.
Oh, wie schwülstig waren ihre Wörter,
die hatten sich tatsächlich lieb.

Sie nannte ihn „Mein starkes Bärchen",
er schrieb zurück: „Ich bin für immer Dein!"
Mutter Clara war noch sein Clärchen.
Wie schön kann doch die Liebe sein.

Auch das Finanzamt schrieb uns viele Male.
Ich glaub', das tut es heute noch.
Wir sollten doch die Steuern zahlen,
sonst wandern wir ins Steuerloch.

Neulich bekam ich einen Brief von Jule,
die ist ja richtig in mich verknallt.
Ich sei der klügste, coolste Junge der Schule.
Wem sagt sie das, so bin ich halt.

Den Brief vom Lehrer ließ ich verschwinden,
der ist bis heute nicht aufgetaucht.
Dabei wollt ich bloß das Klassenbuch anzünden
und hab heimlich auf dem Klo geraucht.

Heute wird nur noch getwittert,
facegebookt, gesimmst und iphoniert.

Ohne Handy sind wir sehr verbittert.
Hast du es schon einmal mit einem Brief probiert?

Viele Grüße an die weite Welt,
an alle, die mich kennen oder nicht,
einen Brief zu schreiben kostet wenig Geld.

Mit Brief und Siegel grüßt:

Der Verfasser von diesem Briefgedicht

Schutzengelballade

Zwei tapfere Schutzengel,
die Friederike und der Fritz,
flogen in Eile und schnell wie der Blitz
zu ihrem Menschenkind.
Denn es war in sehr großer Not,
ihm drohte Gefahr,
vielleicht gar der Tod.

Plötzlich zog ein Gewitter herauf,
und ihnen wurde ganz bang,
denn heftiger Regen,
Sturm und Hagel sie zwang,
notzulanden. Aber wo nur, wo?
Unter ihnen ein dichter Wald,
überall Bäume - es gab keinen Halt.

„Dort!", rief der tapfere Fritz,
„Ich sehe eine Lichtung!"
Und mit einem Satz
landeten beide im Harz
auf dem Hexentanzplatz.

Ihre Flügelchen waren vom Regen ganz aufgeweicht,
sie zitterten gar schrecklich,
denn Schutzengel frieren leicht.

Es war der letzte Tag im April,
der Abend bevor der Mai erwacht,
und hier auf dem Blocksberg begann
die Walpurgisnacht.

Die Teufelchen trommelten:
Bong, Bong, Bong, Bong
und sangen einen gar schaurigen Song.
Die Hexlein tanzten dazu im Kreise,
mal linksherum, mal rechtsherum,
und kicherten zu der unheimlichen Weise.

Ängstlich saßen die Schutzengel
am höllischen Feuer.
Ihre Flügelchen trockneten alsbald,
das Fest aber, war ihnen gar nicht geheuer.
Zum Glück rückte der Morgen heran.
Langsam dämmerte es schon,
da schliefen die Teufelchen ein,
und alle Hexlein flogen davon.

Das ging nochmal gut - wär hätt` es gedacht -
jetzt geben die tapfersten Schutzengel der Welt,
die Friederike und der Fritz,
wieder auf ihr Menschenkind acht.

Amselsonett

Ein Amselmann im Lenze
wollt bauen sich ein Nest.
Er fand auf dem Balkone
ein wundersames Ding.

Die Amselin war hocherfreut
und sang „Das wird ein Fest!"
Neugierig betrachtet sie
den Kasten, der dort hing.

Dieser hatte eine kleine Tür
und ein Pendel, das schlug aus,
und zu jeder vollen Stunde
schaute ein Vögelchen heraus.

„Flieg weg!", ruft der Amselmann,
„Verschwinde, lass offen deine Tür,
denn der Kasten, das ist doch klar,
gehört der Amselin und mir!"

Das ging so weiter viele Tage,
der Amselmann voll Trauer
vergeblich vor dem Kasten saß,
die Amselin war sauer.

Der Vogel aber stündlich sang
sein Lied in Moll und Dur,
denn der Kasten der dort hing

war eine Kuckucksuhr.

Fliederduft

Sein Duft ist es,
der sie betört,
die Liebste mein.

„Hol mir drei Zweige nur
vom Violetten,
dann bin ich dein!"

„Pass aber auf, wenn du kletterst
über des Nachbars Zaun,
dass er dich nicht sieht
beim Fliederklaun!"

Zu Spät!
Nachbars Dogge hat's gesehen.
Aus der Traum.

Meine Liebste ist verduftet.
Sie betört nun den Doggenbesitzer,
dem auch der Fliederbaum gehört.

Der Wassertropf

Vom Sturzflug aus der Wolkenwatte
ist ihm so schwindelig im Kopf
jetzt hängt er an dem Lindenblatte
der regengeborene Wassertropf.

Er klammert sich am Blatt ganz fest
denn im Grase lauert leise
als wäre er nicht genug gestresst
eine schaurig dürstende Ameise.

Da kommt ein Sonnenstrahl
aus dem Gewölk gekrochen
und sticht ihm direkt ins nasse Herz.
Da war der Wassertropfen trocken
und der Ameis' starb
an Durst - kein Scherz.

Kroküsse

Der letzte Eiskristall
des Winters
sitzt schwitzend da
und tropft.

„Ich brauche mehr Wasser!",
ruft ein Krokus vorwurfsvoll
und reckt empor den lila Blütenkopf.

„Ach wenn ich nur wüsste…",
knistert liebestoll der Eiskristall
im Sitzen.
„… ob mich der Krokus einmal küsste -
dann würde ich auch schneller schwitzen!"

Dies hört der Krokus -
beugt seinen Blütenkopf hinab
und gibt dem Eiskristall einen Schmatz.

Der Krokus wuchs darauf nun prächtig -
nur der letzte Eiskristall des Winters -
der war jetzt Matsch.

Le Citron Canaille
(Zitronenschuft)

Ein kleines Zitronenbäumchen stand
bei Nizza an der Cote d'Azur.
Es blickte traurig über den Strand,
denn ein winziges Zitrönchen trug es nur.

Ich sah es stehen und zog an der Zitrone
fast zärtlich gab sie nach.
Jetzt liegt sie auf meinen Balkone
noch mit dem Ast, den ich ihm brach.

Das Bäumchen trägt nun Trauer
weil's sein einz'ges Zitrönchen war.
Auch die Zitrone ist jetzt sauer
auf mich - den Dieb, den Narr.

Ich streiche zärtlich ihre Schale
und rieche den herben Zitronenduft.
Ich schwöre, ich tu's nie wieder, doch mit dem einen Male
wurde ich ein Zitronenschuft.

Drum pflanze ich gleich morgen
ein neues Zitronenbäumchenkind
und hoffe, ich muss mich nicht mehr sorgen,
dass die Zitronen noch sauer auf mich sind.

Wattenlichter

Bei Ebbe ging ich an den Strand
und sah im Watt ein Licht.
Wer dort wohl wohnt im Wattensand
so weit, weit draußen, das fragt ich mich.

Ich lief hinaus, es ward schon Nacht
mit Neugier und mit mulmigen Gefühl.
Hoch über mir der Mond hielt Wacht
mit einem Lächeln so grell und kühl.

Die Luft roch salzig
dann kam der Wind
meine Füße wurden nass.
Ich lief zurück vor Angst fast blind
mein Geist, mein Körper wurden blass.

Dann brach die Flut mit Macht herein
und einer Meereswellenwasserwand
spülte sie mich wieder heim
nach Hause an den Nordseestrand.

Sehr ihr einmal im Watt ein Licht,
dann denkt daran und sorgt euch nicht,
denn die Lichter in den Watten
sind nur des Mondes Schatten.

G-Räusche

Im Rausche
nach durchzechter Nacht
erscheinen zwei Geister dem Zecher
und halten Wacht.

„Wenn er so weiter trinkt,
dann liegt er bald auf dem Asphalt!"
„Oder gar darunter!",
entgegnet der Burgunder - dem Mirabellengeist,
„Frag ihn einmal, wie er denn heißt!"

„Ich heiße RETSIEG", lallt der Zecher,
„so wie ihr und bin betrunken
vom köstlichen Fasse Bier!"

Die Geister schauen sich ungläubig an
und rufen:
„Alter Zecher, machst du einen Witz?"
Da kommt von weit her - aus dem Geisterland
den Geistern doch ein Geistesblitz.

Und der schlägt ein wie eine Bombe.
Sie drehen den RETSIEG einfach um,
sodass man plötzlich lesen konnte:
GEISTER, heißt er
gelesen von hinten nach vorn.

Da war der RETSIEG wieder wach,
und entstöpselt vom köstlichen Nass
an diesem Tag das zweite Fass
und sagt erbost:
„In Schottland heißt ihr beiden GHOST - Prost!"

Unruhe

Einst wünscht' ich mir
für mich und meinen Schatz
für meine Feder und mein Schreibpapier
zum Leben einen Platz.

Drum zog ich eines Tages los
mit unendlichen Ideen und der Eisenbahn
auf dem Rücken einen Rucksack bloß
und der Hoffnung, irgendwann komme ich an.

Der Zug fuhr östlich nach Berlin.
Dort hab ich heute noch einen Koffer stehn.
Das war vor fünfundzwanzig Jahren.
Dann fiel die Mauer und ich bin weitergefahren.

Ich fuhr nach Hamburg, Köln und Wien
auch nach Hannover und ins Frankenland.
Doch jedes Mal musste ich weiterziehen.
Heute bin ich sogar mit einem Lokführer verwandt.

Doch eines Frühlingstagesabend, es war so gegen sieben,
da schenkte mir die Liebste mein,
ich war noch immer voller Unruhe getrieben,
eine Flasche badischen Wein.

Den tranken wir aus
und kauften uns am Tag darauf
wieder in dem gleichen Laden
noch einen von dem köstlichen Roten aus Baden.

Einst wünscht' ich mir einen Platz zum Leben.
Heute sitze ich hier inmitten der Reben
und abends gehe ich ohne Stress
zum Schreibkurs in die VHS.

Bierbaum und der wilde Eber

In der Eberbacher Polizeidienststelle klingelt das Telefon. Es ist bereits der dritte Anruf an diesem Morgen, des 1. April, eine Woche vor Ostern.

„Zum Kuckuck nochmal!", schreit Wachtmeister Bierbaum mit der heiseren Stimme eines Stadionsprechers sein lackschwarzes Diensttelefon in der kuckucksnestgroßen Wachstube an. „Ich bin auf Streife, basta!"

Kurz vor 8 Uhr hatte die schwarze Plastikbombe das erste Mal geläutet. Der Anrufer behauptete, dass Bierbaums Polizeidienstwagen gelb angestrichen worden sei und die Leute von Eberbach davor Schlange stehen würden, um ihre Pakete aufzugeben, weil sie ihn für das neue Postauto hielten.

Mit Entrüstung setzte Bierbaum die speckige, grüne Polizei`-schirmmütze auf seinen Haarkranz und eilte mit der Behäbigkeit eines Denny DeVito in den Latschen des kleinen Muck auf die Kellereistraße. Er sah aber nur noch, wie zwei picklige Jüngelchen mit Schulranzen lachend mit lauten April-April Rufen um die Ecke am Pulverturm und der Kanone verschwanden. Gott sei Dank - seinem geliebten Polizeiauto war nichts passiert.

Danach wischte sich Bierbaum die ersten Schweißperlen des heutigen Tages von seiner hohen Stirn und schnaubte mit der Lautstärke einer paarungsbereiten Elefantenherde hinein.

Kaum war er wieder in der Kuckuckswache angekommen, meldete sich ein zweiter Anrufer.

„Hallo Wachtmeisterchen...", säuselte eine piepsige, männliche Stimme, „... ich habe eine Überraschung für dich!"

„Für Überraschungen bin ich heute gar nicht gut aufgelegt", antwortete Bierbaum und bemühte sich dabei, seiner Stimme einen dienstlichen Anstrich zu verleihen.

„Na dann bassemoluff", piepste die Säuselstimme wieder, „... in einer halben Stunde sprenge ich die Fußgängerbrücke neben dem Eberbacher Bahnhof. Verstanden?" Bierbaums Hände fingen an zu zittern.

Am Eberbacher Bahnhof angekommen, geht er hinter dem dicken Kastanienbaum, der ihm eine gute Sicht auf die Gleise und die Brücke darüber bietet, in Stellung. Es dauert keine Minute, als sich eine verdächtige Person mit einem größeren Gegenstand in der Hand der Brücke nähert. Todesmutig verlässt Bierbaum seine Deckung, geht der Person entgegen und ruft: „Bleiben Sie auf der Stelle stehen, das Gebiet ist umstellt! Legen Sie die Bombe vorsichtig ab und sich selber auch, verstanden? Das ist ein Befehl!" Der Terrorist läuft unbeeindruckt weiter. Aus der Bombe tropft eine Flüssigkeit.

„Hallo Wachtmeisterchen", entgegnet ihm der Osama Bin Laden von Eberbach, „... ich bin es, dein alter Skatbruder Fred aus der Braumeisterschänke. Nicht böse sein, heute ist doch der 1. April. Der alte Trampelsteg kann ein paar Spritzer Wasser vertragen." Die Bombe entpuppt sich als Gießkanne, mit der Fred die Brücke mit Wasser besprengt.

„Das gibt eine Anzeige Fred! Wegen Androhung einer explo..., plosiven...", jetzt fing auch seine Stimme an zu zittern.

„Hier ist Glück, Konstantin Glück ...," mit diesen Worten meldet sich der dritte Anrufer am heutigen 1. April.

„Na was für ein Glück ich heute habe, Sie haben mir gerade noch gefehlt. Sie sind doch der Deutschlehrer an der Eberbacher Dr.-Weiß-Schule, nicht wahr?"

„Ja, der bin ich, antwortet Glück mit aufgeregter Stimme.

„Sie schreiben doch immer solche haarsträubenden Geschichten in der *Eberbacher Zeitung*, was ist es denn dieses Mal?", fällt Bierbaum ihm ins Wort.

„Wir haben eine Leiche gefunden, Herr Wachtmeister, oben am Katzenbuckel unter der Skisprungschanze!"

Bierbaum sackt wie ein Wetterballon, dem man die Luft herausgelassen hat, in sich zusammen, greift nach seiner Flasche „*Wilder Eber*" und gönnt sich einen wohltuenden Schluck Kräuterschnaps.

Er handelt damit, wie jeden Tag, nach seiner im Jahre 1963 in Baden-Württemberg erlassenen Lieblingsdienstvorschrift, wonach es Polizisten gestattet ist, in besonders schwierigen Fällen einen Schnaps zu trinken.

Konstantin Glück ist heute mit einer fünfköpfigen Gruppe der Geologie-Arbeitsgemeinschaft, auf dem „Weg der Kristalle" rund um den Katzenbuckel unterwegs. Als die Gruppe an der Skisprungschanze angekommen ist, macht sie einen grausigen Fund. Unter den letzten Schneeresten dieses Winters, im Auslauf der 40-Meter-Schanze, liegt eine Leiche. Ein Unterschenkel und ein rothaariger Kopf ragen aus der verharschten Schneewehe hervor.

„Lucas, Ariane und Bill, ihr bleibt hier bei der Leiche. Habt keine Angst, die Leiche ist sicher töter als tot. Ihr setzt euch am besten auf die Treppe zum Sprungturm, okay?".Ein zögerliches Nicken kommt von den verängstigten Schülern.

„Lena und Achmet, ihr stellt euch an den Eingang zur Skisprunganlage und lasst keine Wanderer zur Schanze. Ich fahre mit dem Jeep nach Eberbach und hole Hilfe."

„Hat jemand von euch schon einmal eine Leiche gesehen?", fragt Ariane in die Runde ihrer Mitschüler.

„Naja nicht direkt …", antwortet Bill, der in seinem Bill-Kaulitz-Tokio-Hotel-Outfit der Coolste in der Klasse ist und zu jeder Situation immer eine Antwort parat hat. „…am Eberbacher Bahnhof lag mal eine."

„Echt, voll krass, eh, los erzähl weiter!", fordert Lucas ihn auf.

„Wie ich schon sagte …" fuhr Bill etwas zögerlicher fort „nicht direkt. Die Leiche war noch nicht ganz tot."

„Aber, wenn sie noch nicht tot war, dann war es auch keine Leiche", entgegnet Ariane.

„Stimmt ja auch, die Leiche war nur sturzbesoffen und lag auf einer Bank vorm Bahnhof." Lucas und Ariane fangen an zu lachen.

„Aber wenn ich nicht die Polizei gerufen hätte, wäre er bestimmt erfroren", versucht sich Bill zu rechtfertigen.

„Jedenfalls scheint diese da nicht besoffen zu sein. Den ganzen Winter unter dem Schnee, das überlebt keiner", mischt sich Ariane wieder ein.

„Los, wir sehen mal nach, wer das ist!", fordert Bill seine Mitschüler auf.

„Rasierte Beine und dann diese feuerroten Haare, also wenn das mal kein Fake ist. Da will uns doch jemand verarschen, Leute!"

Bill zieht an dem rothaarigen Kopf und hält ihn hoch. Der Kopf entpuppt sich im wahrsten Sinne des Wortes als ein Puppenkopf.

„Ariane, weiß eigentlich dein Bruder vom „Hair-Cutter", dass wir heute eine Exkursion am Katzenbuckel machen?", fragt Bill und hält immer noch den Kopf wie eine Menschenfressertrophäe hoch.

„Ja, aber ihr glaubt doch wohl nicht …", stammelt Ariane.

„Ich sage nur April, April - da hat uns einer aber cool reingelegt."

In diesem Moment biegt der Jeep von Konstantin Glück in die Einfahrt zur Skisprunganlage ein. Auf der Beifahrerseite sitzt Wachtmeister Bierbaum mit hochrotem Kopf. Als der Wachtmeister den lachenden Schüler Bill mit dem Kopf in der Hand sieht, verändert sich seine Gesichtsfarbe von tomatenrot in eierschalenweiß.

„Das ist ein Puppenkopf, Herr Wachtmeister, sehen Sie nur. Da hat sich jemand mit uns einen Aprilscherz erlaubt. Wir vermuten, dass es Arianes Bruder aus dem Friseurladen war."

„Die Lei…, Leiche ist be…, beschlagnahmt", stammelt Wachtmeister Bierbaum und ringt nach Luft. „Das gi…, gibt eine saff…, fftige Anzeige!", dann verlassen ihn die Kräfte.

Eine halbe Stunde später setzt Konstantin Glück das Wachtmeisterfrack in der Eberbacher Polizeidienststelle ab. Völlig erschöpft versinkt die Staatsgewalt im Schreibtischsessel und schläft ein. Als das Telefon erneut klingelt, hebt er noch völlig benebelt den Hörer ab.

„Kuckuckswache Schweine-Ferkel-Eberbach, was gibt's denn so Dringendes?", danach folgt ein lautes Gähnen.

„Herr Wachtmeister, Herr Wachtmeister, in Ihrem Haus ist ein Feuer ausgebrochen. Hat Sie denn die Feuerwehr noch nicht benachrichtigt?"

„Tatü, tata, die Feuerwehr ist da.", entgegnet Bierbaum, greift nach dem „Wilden Eber" und nimmt einen großen Schluck.

„Tatü, tata, ihr könnt mich alle mal", bringt er noch über die Lippen und schlummert wieder ein.

Als Wachtmeister Bierbaum aus seinem Rausch erwacht, liegt ein stechender Brandgeruch über Eberbach. Mit Entsetzen erinnert er sich an die Worte des letzten Anrufers und fährt nach Hause. Hinter der letzten Kurve zur Rockenauer Landstraße sieht er die Blinklichter der Feuerwehr.

Am Haus angekommen erblickt er eine Menschenkette, die sich Eimer mit Wasser vom Neckarufer reicht, um die aufflammenden Glutherde zu löschen. Der Wachtmeister erkennt seine Skatkumpel aus der Braumeister-Schenke, den Lehrer Glück mit seinen Schülern und sogar die zwei pickligen Jüngelchen, die angeblich sein geliebtes Polizeiauto gelb angestrichen haben, sind dabei.

„Hallo, Herr Wachtmeister!", ruft Lehrer Glück als er Bierbaum hilflos stehen sieht. „Das ist heute wahrlich nicht Ihr Glückstag, was?" Bierbaum nickt. „Wir haben für Sie in der Turnhalle ein Notquartier eingerichtet. Dort können Sie die nächsten Tage bleiben. Nach Ostern räumen wir die Trümmer weg und bauen Ihr Häuschen wieder auf."
Ihm laufen Tränen über die geröteten Wangen.

Suugerne würde er jetzt eene Buddel uffmache und een Piffsche „*Wilder Eber*" verschnäbble.

85

Bierbaum und der Schatz des Nibelungen

Es ist schwül an diesem Donnerstagnachmittag. In fünf Stunden wird das Halbfinalspiel der Fußballeuropameisterschaft zwischen Deutschland und Italien angepfiffen, als das Telefon in der Eberbacher Polizeidienststelle klingelt.

„Wachtmeister Biermann hier. Was gibd'sn do wischdisches?"

„Guten Tag Herr Wachtmeister", meldet sich eine aufgeregte weibliche Stimme, als er den Hörer vorsichtig an sein rechtes Blumenkohlohr hält. Nach einem zweistündigen Sonnenbad auf der Terrasse seines neu renovieren Hauses in der Rockenauer Landstraße hat er sich so verbrannt, dass sein Ohr noch immer wie ein angeknabbertes Paprikaschnitzel in der Nachmittagssonne glänzt.

„Sie müssen etwas lauter reden. Ich habe mir mein Ohr verbrannt", antwortet Bierbaum.

„Hier ist Rebecca Hecht vom Eberbacher Neckar-Camping-Platz. Ich muss einen Diebstahl melden."

„Soso, was wurde denn gestohlen?"

„Ein Wohnwagen, Herr Wachtmeister."

„Lassen Sie mich raten Frau äh…"

„Hecht, Rebecca Hecht."

„Es ist ein holländischer Wohnwagen mit gelbem Nummernschild, richtig?"

„Woher wissen Sie das?"

„Berufserfahrung, meine Liebe, 28 Jahre im Polizeidienst. Ich könnte Ihnen Sachen erzählen. Also dann brauche ich jetzt den Typ und das Kennzeichen des Wohnwagens, damit ich den fliegenden Holländer zur Fahndung ausschreiben kann."

„Das ist also der Tatort", sagt Bierbaum, als er auf dem Campingplatz angekommen ist und fragend in die Gesichter der wohnwagenlosen Holländer blickt.

„Ja, hier hat er bis gestern gestanden", antwortet Piet Robben und seine Frau Antje zeigt auf den hellen Grasfleck und ergänzt: „Genau hier, Herr Politieagent."

„Und wieso haben Sie den Verlust Ihrer Käseglocke, Entschuldigung, Ihres Wohnwagens erst jetzt am späten Nachmittag bemerkt?", fragt Bierbaum die Camper und wischt sich mit dem Handrücken Schweißperlen von seiner hohen Stirn.

„Wir waren gestern mit unseren Velo's auf einer Radtour in Bad Wimpfen. Dann kam plötzlich dieses Unwetter und wir mussten in der Jugendherberge übernachten. Eben erst sind wir zurückgekommen."

„Ja, richtig. Gestern Abend hat es ja geregnet, als ob sich die Niagarafälle über das Neckartal ergießen würden", bestätigt Bierbaum. „Sagen Sie, sind Sie eigentlich mit diesem blinden Fußballer Arjen Robben verwandt?"

„Ja, ein Schwippschwager meiner Großcousine mütterlicherseits und er sind Halbgeschwister", antwortet Piet stolz. „Aber wieso blind?"

„Naja, man erzählt sich halt so Witze, nachdem die Holländer wieder einmal in der Vorrunde der EM ausgeschieden sind.

Also einer geht so:
Ein zum Tode durch Erschießen verurteilter Doppelmörder reicht ein Gnadengesuch ein und bittet darin, dass die Todesstrafe durch Erschießen in lebenslange Haft umgewandelt wird.
„Ich habe eine gute und eine schlechte Nachricht", sagt darauf der Richter.
„Das Gnadengesuch wird abgelehnt. Die Todesstrafe durch Erschießen bleibt bestehen, das ist die schlechte Nachricht.
Die gute Nachricht ist: Es schießt Arjen Robben. Hahahaha."

Dem Wachtmeister kullern Lachtränen aus den Schweinsäuglein auf sein schweißgedrängtes Polizeihemd.
„Ob wir heute noch eine Großfahndung nach ihrer Käse... äh, nach dem Wohnwagen einleiten können, kann ich nicht versprechen", sagt Bierbaum, als er sich von seinem Lachanfall erholt hat. „Sie wissen schon, heute ist Halbfinale. Wo werden Sie diese Nacht schlafen?"
„Hier im griechischen Restaurant ,Akropolis' ", antwortet Frau Antje.
„Dann ist ja alles Ouzo. Also, ich muss dann mal. Ihre Käseglocke suchen. Bis morgen."

Bierbaum geht zu seinem Polizeiwagen am Eingang des Campinglatzes als ihm ein verdächtiges Individuum mit einem schwarzen Ungeheuer aus Richtung Schwimmbad entgegenkommt.

Das Individuum ist etwa einen Meter hoch, trägt einen roten Umhang mit Goldrand, ein gestricktes Stirnband auf dem Kopf und watschelt wie ein Kaiserpinguin im Faschingskostüm, der ein Ei auf seinen Füßen balanciert, auf ihn zu. Das schwarzglänzende Ungeheuer mit einem Schnauzbart und großen runden Knopfaugen watschelt grunzend hinterher.

Während zwei salzige Schweißtropfen sein verbranntes Blumenkohlohr erreichen und einen brennenden Schmerz auslösen, haben der Kaiserpinguin und das Grunzungeheuer den Eingang zum Campingplatz erreicht. Rebecca Hecht blickt in das erstaunte und schmerzverzerrte Gesicht des Wachtmeisters und lächelt.

„Darf ich vorstellen", sagt Rebecca. „Das ist Giselher der 117. von Burgund. Ein echter Nibelunge" und zeigt auf den Kaiserpinguin.

„Ein Nibelunge", wiederholt Wachtmeister Bierbaum mit erstaunter Stimme.

„Ja, oder auch der große Santini", sagt Rebecca weiter.

„Der groooße Santini", wiederholt Bierbaum und schaut über seinen dicken Bauch in das knubbelnäsige lustige Gesicht des Individuums, das ihm bis zu seinem Ledergürtel reicht.

„Oder einfach Clown Giselher vom Circus ‚Los Santos', der seit Sonntag sein Zelt auf dem Sportplatz in der Au aufgeschlagen hat", ergänzt Rebecca.

„Und wer oder was ist dieses grunzende schwarze Ungeheuer?"

„Das ist Patschnass: der Seelöwe. Die beiden holen sich bei mir immer Zigaretten und Eis."

„Das Grunzungeheuer raucht?"

„Nein, nein. Patschnass bekommt das Vanilleeis und Giselher die Klimmstängel. Das ist übrigens Wachtmeister Bierbaum", sagt Rebecca zu Giselher.

„Zeigt ihr beiden in der Abendvorstellung wieder die Todesspirale?" Giselher nickt und zieht wie ein Glasbläser an der ersten Zigarette.

„Das müssen Sie sich unbedingt ansehen", Herr Wachtmeister. „Giselher und Patschnass springen mit einem 6-fachen Looping von der Zirkuskuppel in ein großes Wasserbassin", und steckt dem Seelöwen das zweite Vanilleeis unter seinen Schnauzbart.

„Sie haben nicht zufällig einen Wohnwagen mit gelbem Nummernschild in ihrem Zirkusfuhrpark", fragt Bierbaum den qualmenden Nibelungenkaiserpinguin.

Giselher schaut Bierbaum mit einem verächtlichen Blick an, stupst ihn mit der rechten Hand knapp über seinen Schritt in den Bauch und sagt:

„Lieber Liliput als Luliput, was!" Der Seelöwe hält sich mit den Flossen die Augen zu, dann drehen sich beide um und watscheln wieder zurück zum Zirkuszelt.

„Wieso ist dieser freche Zirkusclown ein Nibelunge?", fragt Bierbaum Rebecca und kreist mit der Hand über seinen Bauch.

„Sein Urgroßvater vor 117 Generationen war der jüngste Burgunderkönig und Lieblingsbruder Krimhilds."

„Und warum ist er dann nur einen halben Kopf kleiner als eine Mülltonne? Die Burgunder waren doch alle große Krieger."

„Er sagt, es ist dieser Fluch, der den Nibelungen auferlegt wurde", flüstert Rebecca. „Weil der Hagen den Siegfried erschlug und dann den Schatz versenkt hat."

„Na dann werde ich mir heute Abend eine Flasche Nibelungensaft zum Halbfinalspiel gönnen."

„Was ist Nibelungensaft?", fragt Rebecca.

„Na, Burgunder, dunkelrot und ziemlich spät - Spätburgunder eben." Dann steigt Wachtmeister Bierbaum in sein Polizeiauto und fährt davon.

Als er am nächsten Morgen in der Eberbacher Polizeiwache erwacht, brummt sein Schädel wie das Basssaxofon der Anonymen Saxophoniker.

Nach dem verlorenen Spiel gegen Italien hatte er noch eine zweite Flasche Nibelungensaft entkorkt und mit seinem Skatkumpel Fred über das verlorene Spiel diskutiert.

„Jetzt adoptieren die Italiener schon nigerianische Irokesen, nur um uns eins auszuwischen. Da können wir mit unseren spanischen Haarspraymodels natürlich nicht mithalten", hatte Fred gesagt.

Die Wanduhr in der Polizeiwache zeigt eine Minute vor 9.00 Uhr. Bierbaum schaltet das Radio ein, um sich die aktuellen Lokalnachrichten anzuhören. Hauptthema ist natürlich das verlorene Spiel gegen die Italiener. Doch dann meldet der Nachrichtensprecher folgendes:

Eberbach - Schatz der Nibelungen entdeckt!!!

Konstantin Glück, Sportlehrer am Hohenstaufen-Gymnasium in Eberbach und Trainer des Jugend-Achters vom Eberbacher Ruderclub berichtete unserem rasenden Reporter Fidelio Flüchtig von einer seltsamen Entdeckung: Beim gestrigen Training bei Neckarkilometer 56 sahen die Ruderer in der Strömung am Neckarknie, nahe der Itter-Mündung, goldgelblich leuchtende Gegenstände. Auf die Frage, um was es sich dabei handeln könnte, antwortete Lehrer Glück: „Die Suche nach dem legendären Schatz der Nibelungen blieb bisher erfolglos. Sollte das Gold der Nibelungen nicht im Rhein, sondern im Neckar bei Eberbach versenkt worden sein?"
Weitere Einzelheiten erfahren Sie nur bei uns, bei Radio Kuckuck auf Neckarwelle 4711. Unsere Reporter recherchieren knallhart!
Das Wetter...

Mit einem Mal waren Bierbaums Nibelungensaft-Burgunderkopf-schmerzen wie weggeblasen. Er spürte nicht einmal mehr das Jucken an seinem verbrannten Blumenkohlohr. Jetzt hatte ihn der Schatzgräbervirus gepackt. Er nahm den Hörer ab und wählte.

„Eberbacher Personenschifffahrt Kappes, was kann ich für Sie tun?"

„Hey Käppi, nun rede nicht so geschwollen daher. Ich bin es. Dein alter Freund Oskar. Bassemaluff, ich brauche deine Hilfe. Wo bist du jetzt?"

„Na am Schiffsanleger. In einer Dreiviertelstunde habe ich eine Rundfahrt."

„Die kannst du vergessen, Käppi. Dein Dampfer ist beschlagnahmt. In fünf Minuten bin ich bei dir."

Wachtmeister Bierbaum rief noch auf dem Campingplatz an und bat Rebecca Hecht, ihrem Freund vom Zirkus zu sagen, dass er ihm ein Geschäft vorschlagen möchte, und lief zum Schiffsanleger.

„Was hast du denn mit deinem Ohr gemacht?", begrüßt ihn Kapitän Kappes, als Bierbaum völlig außer Atem auf das Schiff ‚Burg Eberbach' stolpert.
„O Solemio - du meine Sonne", begrüßt ihn Bierbaum euphorisch. Wir fahren etwa einen Kilometer stromabwärts."
„Was soll da sein?"
„Wenn es das ist, was ich und dieser Lehrer Glück vermuten, dann kannst du dir morgen die Queen Mary II und die gesamte Aida-Flotte kaufen. Schon mal was vom Schatz der Nibelungen gehört - Käppi?" „Aber vorher müssen wir noch den Fähranleger bei der DLRG-Station am Freibad ansteuern. Dort warten auf uns zwei, nun sagen wir einmal Passagiere."

Kurze Zeit später legt das Schiff am Fähranleger an und der qualmende Kaiserpinguin, Giselher der 117., Nibelunge von Gottes Gnaden und sein Seelöwe Patschnass kommen an Bord. Als das Schiff die Itter-Mündung passiert, sucht Bierbaum gespannt die Wasseroberfläche ab. Und tatsächlich, aus der gefährlichen Strömung funkelt es vom schwarzen Neckargrund wie goldgelblich glänzende Steine.
„Alle Maschinen Stopp!" befiehlt Bierbaum, „Wir müssen hier tauchen!"
„Doch nicht etwa nach dem Schatz der „Nibelun…".
„Psst, leise. Die beiden Zirkusheinis müssen davon nichts wissen. Wir sagen denen einfach, dass wir nach ein paar Töpfen aus deiner Bordküche suchen, die neulich beim Spülen ins Wasser gefallen sind."
„Also, wir spülen doch unser Geschirr nicht im Neckarwasser."
„Papperlapapp. Sollten sie dennoch Verdacht schöpfen, wirst du sie mit Seemannsgarn erdrosseln - hihihi."

„Ich wette mit euch", sagt Bierbaum zu den Artisten, „dass ihr es nicht schafft, die Todesspirale vom Oberdeck dieses Schiffes

zu machen, in den Neckar zu tauchen und eine Leine an dem gelblich glänzenden Gegenstand festzubinden."
Der Seelöwe grunzt und der qualmende Kaiserpinguin beginnt bereits mit dem Aufstieg auf das Oberdeck.

„Wenn ihr es doch schafft, dann zahle ich alle Eintrittskarten für die Zirkusvorstellungen der gesamten nächsten Woche."
Der Seelöwe und Giselher springen in die Strömung. Sie tauchen knapp zwei Minuten, bis sie wieder an der Wasseroberfläche erscheinen.

Inzwischen sind hunderte von Menschen aus allen Richtungen an das Neckarufer bei Eberbach gekommen. Die Bundesstraße in Richtung Mosbach und Heidelberg ist vollkommen verstopft. Auch auf dem Wasser herrscht das reinste Chaos. Paddelboote, Schlauchboote, Leute in Autoreifen und auf Luftmatratzen schwimmen aus allen Richtungen an die Stelle des Neckar, an der soeben Giselher und Patschnass aus dem Wasser wieder auf das Schiff klettern.

„So Käppi, sagt Wachtmeister Bierbaum zu Kapitän Kappes, „ gleich wirst du Augen so groß wie Mühlräder machen."

„Na dann volle Kraft zurück."
Der Schiffsmotor brummt und brummt immer lauter. Schwarze Rauchschwaden steigen aus dem Maschinenraum auf. Die Leine strafft sich - nichts passiert. Kapitän Kappes lässt das Schiff noch einmal flussabwärts treiben und nimmt mit voller Kraft erneut Schwung auf. Das Seil strafft sich wieder, und dieses Mal gibt der gelblich leuchtende Gegenstand im Wasser nach und kommt an die Oberfläche.

Deutlich sind die Umrisse eines Wohnwagens mit gelbem Nummernschild zu erkennen und sogar die Rücklichter brennen noch.

Bierbaum sackt wie ein Wetterballon, dem man die Luft herausgelassen hat, in sich zusammen. Kapitän Kappes schleppt den Wohnwagen ans Ufer, sodass ihn das Technische Hilfswerk bergen kann.

Die Leute am Neckarufer klatschen Beifall.
Die Holländer Antje und Piet Robben bedanken sich beim Kapitän und Wachtmeister Bierbaum und geloben, ihren Wohnwagen künftig besser zu parken und die

Handbremse anzuziehen.

Bierbaum sieht in den folgenden Tagen noch siebenmal die Todesspirale von Patschnass und Giselher. Denn Wettschulden sind Ehrenschulden.

Der Schatz der Nibelungen geht ihm trotzdem nicht aus dem Kopf.

„Ob man den Seelöwen ,Patschnass'auf den Geruch von Gold und Silber abrichten kann? Ein Versuch wäre es wert. Riecht Gold eigentlich nach Glück?"

Ein Menschlein stirbt im Walde

In diesem Sommer war der Termitenhügel im Odenwälder Sensbachtal völlig ausgetrocknet. Seit Tagen herrschten tropische Temperaturen. Unterhalb des Termitenhügels führt ein Wanderweg vorbei, der von der Nibelungenquelle in Grasellenbach bis hinauf zum Katzenbuckel, dem höchsten Berg im Odenwald, verläuft.

Wegen erhöhter Waldbrandgefahr wurden alle Wanderwege für Besucher gesperrt.
Es war drückend schwül und die Luft flimmerte wie eine Fata Morgana. Plötzlich erschütterten Schritte den Termitenhügel.

„Hört mir zu, ihr fleißigen Oden-Termiten, ihr Arbeiter und Soldaten unseres Termitenvolkes" sagte König Termitus zu seinen Untertanen. Er stand mit ausgebreiteten Flügeln auf der Spitze des Hügels und wedelte mit seinem Analfächer.
„Meine Königin und ich werden es nicht zulassen, dass unser stolzes Volk durch die den von Menschen verursachte Klimaerwärmung zu Grunde geht. Dem nächsten Wanderer, der unseren Hügel kreuzt, stellen wir eine Falle."
„Wir hören schon Schritte – König Termitus", ruft das Späher-Paar Terminni und Termanni vom Rande des Termitenhügels.
„Ihr Punktäugigen und ihr Nichtsehenden, unser Kampf beginnt.", befiehlt der Termitenkönig.

„Hallo Pia, hörst du mich? Hier ist Till, Till Sitter. Was, wo ich bin? Irgendwo im Nirgendwo." Till's T-Shirt klebt wie eine zweite Haut an seinem Körper und die Stoppelhaare glänzen vor Schweiß wie eine nasse Schuhbürste.
„Ich hatte dir vergessen zu sagen, dass ich mich zu dieser unsinnigen Wanderung durch den Odenwald eingelassen habe - und das bei dieser Hitze.
Wo die anderen aus der Wandergruppe sind? Keine Ahnung. Ich bin wohl irgendwo falsch abgebogen. Sag mir lieber, wie unsere Palmölaktien heute stehen? Sie sind gestiegen - das ist ja großartig! Wir sollten weiter in Palmöl investieren. Was? Papperlapapp, die Indios sind selbst schuld, wenn sie ihre Regenwälder abholzen lassen."

„Pia, ich muss jetzt Schluss machen. Da vorn bewegt sich etwas."

„Habt ihr gehört, Soldaten und Arbeiter des Volkes der Oden-Termiten, was dieses Menschlein gesagt hat?", fragt König Termitus die Hügelbewohner und flattert wie ein Propeller mit seinen Flügeln. „Es investiert in Palmöl, das aus den Bäumen des tropischen Regenwaldes im Amazonasgebiet herausgepresst wird. Das soll dieser schmierige Aktienöli bereuen. Er wird den Odenwald nie mehr verlassen."

Termitus sitzt wie ein römischer Feldherr auf seinem Thron aus hell-gelblicher Termitenspuke und ruft: „Die Termitenbrigade Ahorn krabbelt hinauf zu dem morschen Ast, der über dem Wanderweg hängt. Ihr wippt alle solange, bis dieser genau in dem Moment abbricht, wenn - na ihr wisst schon. Terminni und Termanni, könnt ihr unseren Totgeweihten schon sehen?"

„Ja, großer König", antwortet das Späher-Paar aufgeregt, „er ist gleich in Höhe unseres Hügels!"

„Jetzt ist eure Zeit gekommen - Termiten der Brigaden Eiche und Kiefer. Stürzt euch alle auf ihn. Krabbelt ihm in Nase, Ohren, Mund, Augen und in die anderen Körperöffnungen. Saugt, spritzt, beißt und nagt bis er ..."

„Bis er nur noch ein Haufen Knochen ist - Terminator Termitus!", antworten tausende Termiten im Chor.

Als der morsche Ast abbricht, klingelt noch einmal Till's Handy. Aber er konnte es nicht mehr hören. Dann zog ein Gewitter herauf.

Der Palmölaktienkurs steigt, wie die Klimaerwärmung, weiter an. Die Termiten aber liegen weltweit auf der Lauer. Aus ihren Hügeln erklingt dann und wann die Melodie:

„Ein Menschlein stirbt im Walde ganz still und stumm...".

Schlussakkord

Das Kind des Tages ist geboren
nach Stunden mühevollem Tun.
Die Morgenschlacht ging an den Tag verloren.
Jetzt können beide selig ruh'n.

Im fahlen Licht der Dämmerung
fallen Anspannung und Mühen ab.
Beim Abendglockenläuten kommen Erinnerungen,
an das, was man am Tag hat vollbracht.

Jetzt ist die schönste Zeit des Tages,
die Zeit für Bücher, Spiele und Musik.
Die Zeit für Kuscheln, Lieben und ich sag' es
ihr - wie jeden Abend: „Ich hab dich lieb".

Der Spross des Tages geht nun zur Ruh'.
Er anvertraut den Stundenstab der Nacht.
Jetzt muss der Mond seine Arbeit tun,
der bis zum Morgen über allen wacht.